して……

景あれこれ。

実家。棚の戸をひらくと昔の土産物。

福岡・門司の九州鉄道記念館に
展示されていたラケット駅弁。

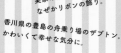

いたずらを
計画しているような
スワンボートたち。

鶴が舞い降りたポスト。
ジオラマ感がかわいかった。

クラス替えの初日みたい。
照れてる感じがかわいかった。

キリンの兄弟が
ビルの下をのぞきに
行くところに見えた。

実家のカレンダーに
なぜかリボンの飾り。

香川県の豊島の舟乗り場のザブトン。
かわいくて幸せな気分に。

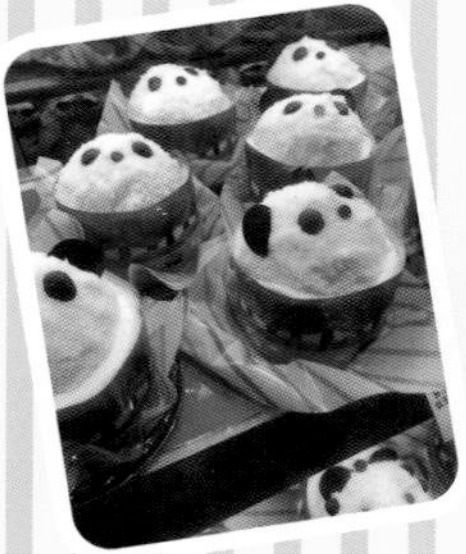

よそ見ばかりの
パンダのケーキたち。
上野にて。

出版社で出されたおやつ。みんな小さい……。

木と一体になっていた
ネコがかわいかった。

金沢にて。金花糖。

カメの観光船。かわいくないわけがない。諏訪湖にて。

岩手県久慈駅の
なんかかわいい文字。

旅先の盛岡で。かわいい声かけ。

春の空を見上げれば
かわいい子供たち。

クリスマス、民家の玄関先に
飾られたパスタのリース。

首をかしげて見ていたネコ。

北海道にいたかわいい雪だるま。
たぶんウサギ形。

仙台の冬。
三越のライオン。

かわいい見聞録

益田ミリ

集英社文庫

かわいい見聞録　目次

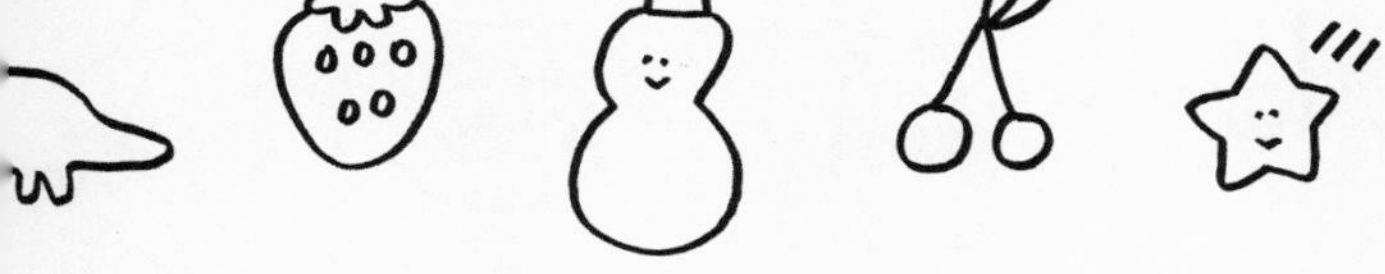

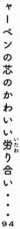

かわいい見聞録

はじめに

「かわいい」

なにかにつけて言っている。一日中言っている。

かわいいは平和だ。とりあえず褒めていることになる。

みんな気軽に使っているし、わたしも使う。

しかし、この、「かわいい」。『暮らしのことば 新語源辞典』によると、かわいいは、本来は使われ方が違ったようだ。

かわいいは、カハユシから変化した言葉で、さかのぼっていけば、カハユシ—カハハユシ—カホハユシ。ハユシについては、「身体に何らかの変調をきたすような事態や感情を示すと考えれば理解しやすい」とある。

たとえば、「目《ま》ばゆし」は目を開けていられない、すなわち、まぶしい。「耳はゆし」は、耳が変になりそうだ、すなわち、聞くに堪《た》えない。

かわいいの語源となる「顔はゆし」(カホハユシ)は、顔を向けていられないほどだ、ようするに、気の毒で見ていられないという意味だったのだ。

月日が流れ、現代語のかわいいには、気の毒や不憫《ふびん》などの意味は含まれなくなった。

『語源辞典　形容詞編』には、こうある。

「美しさ、子どもらしさなどで、いかにも愛らしく感じられるさまや、小さい生きもの、弱いものに抱く自然感情」

これが、かわいい、なのである。

とりあえずなんにでも「かわいい」と言っている自分の生活を振り返り、ここらへんで、「かわいい」に出会い直してみようと思ったのだった。

しみじみかわいいシジミたち

ショッピングカートを押し、スーパーの中を歩いていたらシジミを見つけた。小さい貝だなぁ。改めて眺めてみる。となりに並ぶアサリに比べると、どこかしみじみしている。語りかけてくるような佇《たたず》まいだ。

ひょっとして、シジミはしみじみから名づけられたのではないか？

調べてみたら、そうではなかった。『日本語源広辞典』によると、シジ（縮小）とミ（貝）が合体し、シジミとなったようだ。見たまんまの名前であるが、そういえば、同じ名の小さなチョウもいる。

シジミチョウ。昔、近所の公園でよく見かけたのを思い出した。

シジミチョウはかなり地味な存在だった。

「あっ、クロアゲハ！」

などと、遊びを中断してまで追いかけるような存在ではなく、「あ、今日もいる」と心の中でひっそり思うような。地面に近いところを弱々しく飛び、華があるとはお世辞にも言えない。

しかし、彼らは子供たちにしみじみと人気があった。クロアゲハがお兄さん、お姉さんなら、シジミチョウは赤ちゃんチョウチョ。小さいから幼く見えた。カタバミの花にとまっている姿も、まるで午後のお昼寝タイム。そーっと近づき、指でつまんで簡単に捕獲できるのも人気の理由のひとつだった。

弱々しくて、小さくて、隙《すき》がある。同じ子供同士のようで親近感が湧いたのかもしれない。

『シジミチョウ観察事典』によると、日本にいるシジミチョウは現在約70種類。「シジミチョウの名は、シジミガイのように小さいチョウということで、名づけられたと考えられています」とある。

貝のシジミに似てるよね、じゃあ、同じでいっか。

安易なネーミングだが、さらにそのシジミチョウの中には、ツバメシジミ、カラスシジミ、リンゴシジミなどの種類もいるようだ。色やデザインが似ているから名づけられたのだろうが、考えてもみてほしい。もとの「シジミ」も他人名義なのだ。ツバメやカラスやリンゴまでレンタルとは……。とにかく控えめなチョウチョである。

『シジミチョウ観察事典』を読んでみれば、ヤマトシジミのオスたちは、どうやら、タンポポの綿毛をメスと間違えてしまうらしい。ちなみに、このヤマトシジミが日本にもっとも広く分布しているようなので、わたしが子供のころに目にしていたのも、こちらだと思われる。

タンポポの綿毛……。どうがんばっても、チョウチョには見えない。なのに、ヤマトシジミのオスたちは女子と勘違いして大騒ぎ。タンポポの綿毛に求愛している写真も載っているのだが、なんというか、相当、ドンくさい。

とはいえ、スミレやサクラの花ではなく、タンポポの綿毛に発情するところがまた慎《つつ》ましくもあり、求愛される綿毛側も、喜んでいるようにさえ見えてくる。

大きなチョウたちと違い、ヤマトシジミは飼育も簡単だそうで、「プリンの空きカップで、だれでもかんたんに飼えます」とある。タンポポの綿毛やら、プリンの空きカップやら、出てくるキーワードがいちいち素朴で、調べるほどに情が湧いてくる。もはや小悪魔シジミである。

『シジミチョウ観察事典』のあとがきには、こう書かれていた。「シジミチョウの体は、複眼も触角も羽の鱗粉《りんぷん》も、なにひとつ省略されることなく、精密に小さくつくられています」。

世界で一番小さいと言われているチョウは、北アメリカに分布するピグミーシジミなのだそう。羽を広げてもわずか12ミリ。しかし、そのからだの中には、他のチョウと同じだけ必要なものが備わっている。当然、それは貝のシジミにも言えるわけで、水陸の小さなシジミたちが、この大きな世界でがんばって生きているのだと思えば、またもや、しみじみとかわいらしさが増すのだった。

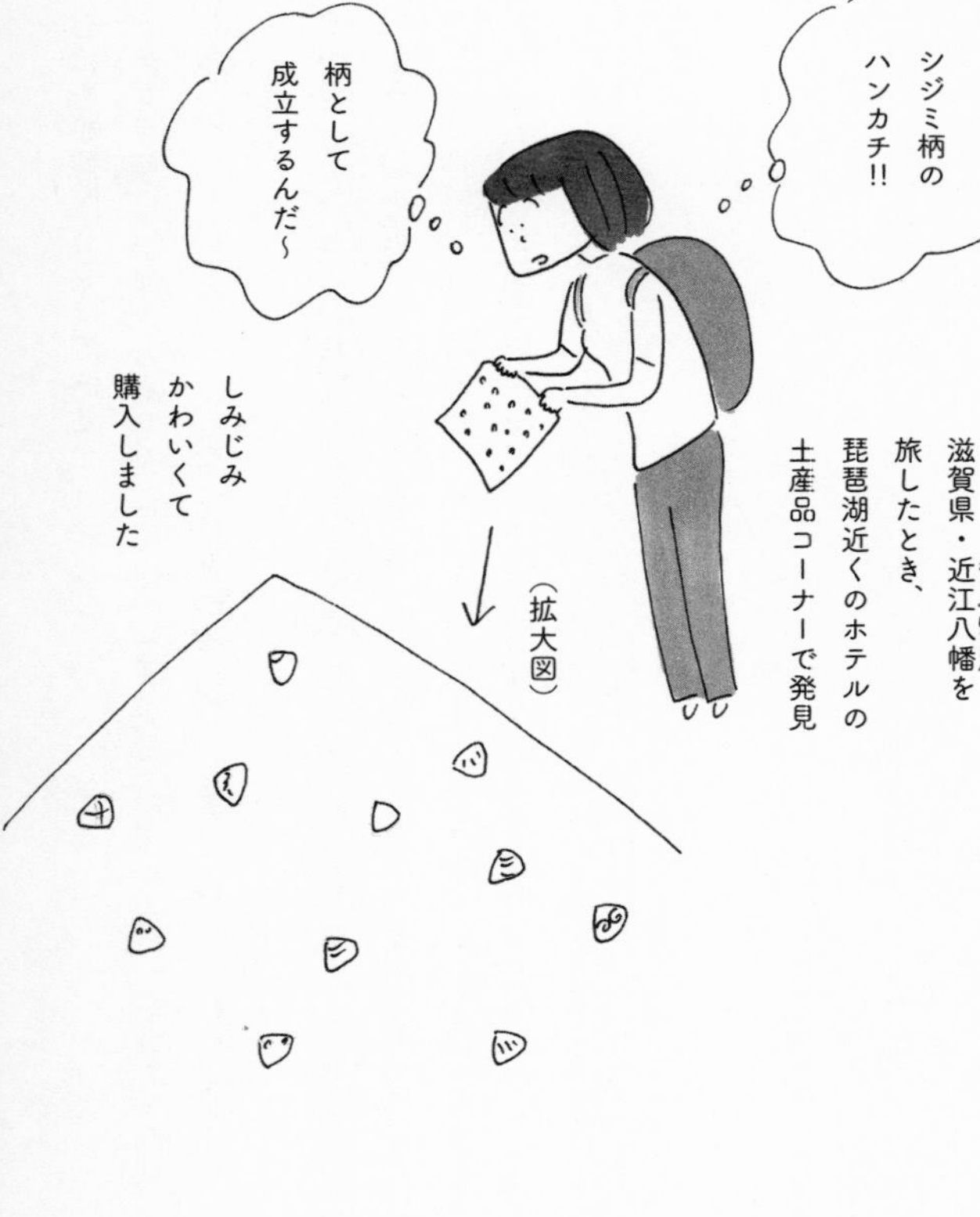
滋賀県・近江八幡《おうみはちまん》を
旅したとき、
琵琶湖近くのホテルの
土産品コーナーで発見
シジミ柄の
ハンカチ!!
柄として
成立するんだ〜
（拡大図）
しみじみ
かわいくて
購入しました

小学生のかわいい下校シルエット

下校中の小学生はかわいい。登校中より断然かわいい。登校する子供たちはダルそうだ。いや、ダルくない子もいっぱいいるのだろうが、我が身を振り返ると毎朝ダルかったから、どうしてもそう見えてしまう。眠い目をこすり、ちんたら進む小学校までの道のり。今、思い出しても頭がぼんやりしてくるくらい。

しかしである。下校中の小学生は、風に舞う花びらのようにフワフワ。帰る方向が同じ友達と軽やかに歩いている。

突然、友の名前を呼んで走り出したり、ピタリと立ち止まり植え込みをのぞき込んだり。予測不可能な動きに、道路が、いや街が、いや世界全体が動揺して見える。

むろん、わたしも平常心ではいられない。午後、駅に向かって歩いているときに彼らに出くわすと心が沸き立つ。小学校から放たれたかわいい人たちが、あっちにもこっちにもいて、うわわ、どんなおしゃべりしているの？　いつも興味津々。

この前は、男子ふたり、女子ひとり編成の3人組の会話に思わず聞き耳。

5年生くらいだろうか。女の子はまっすぐな長い髪を無造作に背中に下ろし、黒いショートパンツに、黒いパーカーを羽織っている。イケてる感じだ。男子ふたりより頭半分高い。

「黒い服ってカッコいいよね」

ひとりの男子が言うと、もうひとりの男子が「オレも黒、着たい」と同意。上下黒でキメている女の子をうらやましがっている。ふたりとも、お母さんは黒い服を買ってくれないらしい。女子の黒い服を羨望《せんぼう》のまなざしで眺める男子ふたり。わかるよ、黒い服ってカッコいいよね、そして、好きなんだよね、その女の子のことも。かわいい恋心を目の当たりにして、なんだかちょっとセンチメンタルになってしまった……。

センチメンタルといえば、こんな子たちにも遭遇した。

夕暮れ時。3年生くらいのふたりの男の子はともにランドセルを背負っており、母親らと一緒に歩いていた。公園にでも寄った帰りなのだろうか。たくさん遊んだ様子なのに、男の子たちはまだまだ遊び足りない顔をしている。

「さ、帰るよ」

母親らに急《せ》かされても、ふたりはいつまでもふざけ合っている。とうとう母親に手を引っ張られるようにして別々の道を歩き始めた。

その時、男の子のひとりが振り返って言った。

「オレ、どうしてもタクマと一緒にいたい！」

言われた男の子は、

「オレも！」

と、即答。母親らは、はいはい、といつものことのように笑っていた。

わたしはひとり駅に向かいながら、「オレ、どうしてもタクマと一緒にいたい！」というセリフに打ちのめされていた。

なんて、なんて、ステキなんだろう！

わたしはもう、こんなふうにいつまでも友達と遊んでいたいなどと思うことはないわけで、時間が来たらほどよく解散する日々の中で生きている。

過ぎ去った子供時代。知っている言葉ばかりなのに、言えなくなってしまったセリフたち。ちょっとさみしくなりながら、大きな大人の足で駅に向かったのだった。

かわいい
人たち
いるだけで
世界が
喜んでいる

駅弁のお茶のかわいさ

イギリス人の食物史研究家、ヘレン・サベリさんという方が書いた『お茶の歴史』という本を開いてみれば、こんなことが書いてあった。

「日本人は『喫茶店』が大好きで、人と待ち合わせるときも、自宅ではなく喫茶店を利用することが多い」

そうなのか、日本人は喫茶店がただ好きなのではなく、大好きなのか。そういうわたしも喫茶店が大好きだ。打ち合せのための喫茶店に向かいながら、打ち合せが終わったあとにひとりでお茶する喫茶店はどこにしよう？　と毎度、考えている。

しかし、わたしはヘレンさんにこのことも伝えたい。

日本人は「駅弁」も大好きなんですヨ、と。

駅弁。

彼女が駅弁について調査を開始したなら、すぐにおもしろいことに気づくはずだ。

えっ？　日本人って、駅弁、家でも食べんの？

たまにスーパーのチラシに登場する駅弁フェア。スーパーで駅弁を買ってから旅に出る人がいないとは言い切れないが、普通は持ち帰って食べるわけである。

Ｗｈｙ？（ヘレンの声）

なぜ、駅弁を家で？　そこそこの値段なのに。

電車の中で駅弁を食べた思い出があるからこその、自宅駅弁の楽しさ&おかしみとでも言いましょうか。家族で旅番組を見ながら駅弁を食べる、なんてのもまた、盛り上がるわけである。

とはいえ、わたしは旅に出ても駅弁はほとんど買わないのでした。お弁当ひとつをドンと買うより、こまごま買って食べたい派。おにぎり&総菜とか、サンドイッチ&コロッケとか。車内のミニテーブルにちょこまか並べて食べるのが好み……なんだけど、お弁当売り場で、駅弁のサンプルを見るのは大好き！　芸術的に配置されたご飯やおかず。いつも店先でうっとりと見入ってしまう。

ヘレンさん、日本人はいろんな角度から駅弁が大好きなんです。

さて、ようやく本題なのであるが、駅弁のお茶は、かわいい。駅弁のお茶を知らない人は、当たり前だが、駅弁のお茶を知らない世代である。あったのである。駅弁専用のお茶。

あの容器をどう説明すればわかりやすいだろうか。ヤクルトの2倍サイズくらいのポリ容器に、安っぽい針金の取っ手がついている。この針金のキッチュさが、おそらくかわいいのである。針金はヨレヨレなので、ぎゅっと握るというより、親指と人差し指でそっとつまんで持ち上げる感じ。保護というより、愛護してやらねばならない気持ちにさせられる。

このポリ容器のお茶、わたしの子供時代には、駅弁とセットで売られていた。捨てずに持ち帰り、家の麦茶やジュースを入れて楽しんだ。子供の小さな手にも、ちょうどいいサイズだった。

缶やペットボトルのお茶が登場し、今ではすっかり見かけなくなったけれど、あのポリ容器のお茶の歴史とは？

『駅弁学講座』を読んで驚いた。ポリ容器のお茶以前に、土瓶入りのお茶があったというではないか。

土瓶のお茶を知らない人は、当たり前だが、土瓶のお茶を知らない世代である。ポリ容器のお茶を知っているくらいでわかったような顔をしていた自分が恥ずかしい……。

『駅弁学講座』には、「駅売り茶器のうつりかわり」という項に、くわしくその歴史が記されている。

「明治22年（1889）に東海道線が全通した頃、静岡駅出入りの駅弁屋三盛軒《さんせい》（現在の東海軒）が、信楽焼《しがらき》の土瓶を購入し、名産の静岡茶を入れて駅弁とともに、プラットホームで立ち売りをした。これが駅売り茶の第1号といわれている」

土瓶入りのお茶は、「汽車土瓶」という名で親しまれ、第1号は信楽焼。その後、益子《ましこ》や、多治見《たじみ》、瀬戸など、いろんな窯元の土瓶とともに全国に広まっていったようである。写真も紹介されているのだが、湯呑《ゆの》みとセットになっていて、見た目は急須そのもの。写真だけなので、サイズ感はよくわからない。

また、急須型以外に、四角型、縦長・口なし型、湯呑み型など、汽車土瓶の容姿はさまざま。変わったところではギヤマン製（ガラス製）なるものもあったようだが、これは尿瓶《しびん》みたいと不評だったとのこと。

時代は流れ、昭和30年代になると、軽く、原価の安いポリエチレンの容器が重宝されるようになり、汽車土瓶はすたれてしまった。わたしが懐かしい、かわいい、と思っているのはこの容器のことである。

ポリ容器については、こう書かれていた。

「この茶器の呼び名はいまだにない」

悲しい。

「汽車土瓶」のような詩的な名も付けてもらえぬまま、缶やペットボトルのお茶に負けて衰退の途へ……。

それでも、ネットで検索してみれば、販売している駅は全国にまだいくつかあるようだ。
2、3年前になるだろうか。

東京で地下鉄に乗っていたら、向かいの席のご高齢の男性が、ポリ容器のお茶を飲んでいるところを目撃した。手荷物の量からして旅人ではなかったし、そもそも地下鉄で駅弁は売っていない。旅先でポリ容器のお茶を買い、それを持ち帰って再利用しているはずなので、「まだ売られてるんだ！」と驚いたものだった。

それにしても、あの男性。便利なペットボトルがある世に、あえて、ポリ容器のお茶を買われたのであるなぁ。かわいいなぁ。

わたしもまた欲しい、名もなきポリ容器のお茶。弱々しい針金の取っ手をゆらゆらさせながら、近所の公園へ散歩に出たい。その時のわたしは、誰の目にも幸せそうに映るに違いない。

東京・新橋にある「旧新橋停車場　鉄道歴史展示室」に
当時の汽車土瓶が展示されていました

2合入りや1合入りなど
サイズもいろいろあるようです

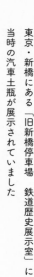

かわいいおにぎりトーク

一部
全面
側面
居酒屋で「おにぎり」の話題になると……
うちは俵形
うちも!!
そんで、味付け海苔
うちは海苔は味なし
三角だった
うちは丸形
うちも丸形〜海苔は全面
実家のおにぎりを語る大人たちは、
具はなに−
シャケかな−
おかか好き−
しばし、子供のころの小さな自分の手を思い出しているわけで
なんともかわいいのでありました
おにぎり食べた−い

あやとりのかわいいうつむき

のび太くんが得意な遊びはあやとりである。

『ドラえもん』を読み始めたばかりの子供のころ、あやとりをするのび太くんを目にしても、とくになにも思わなかった。思わなかったということは、ひまなときのひとりあやとりが「有り」の時代だったともいえる。今は当然、ゲームだろう。

あやとりの道具は、一本のヒモだけ。これだけならば、かわいくもない。ゴミに見える可能性すらある。

あやとりのかわいさは、あやとりをしている人、のかわいさではないか。うつむいて、両手にヒモをもしゃもしゃからめている。猫が風に舞う落ち葉を追いかけて遊んでいるような、そんな初々《ういうい》しさがある。

ひとりあやとりをにこにこ笑ってやっている人を見たことがあるだろうか？　わたしは、たぶん、ない。真剣な表情。口もとがとんがっていたり、あるいは、開いていたり。自分のあやとり姿を見たことはないけれど、天真爛漫《らんまん》というより、その無心さがかわいらしく、周囲の大人たちのヒーリング効果になっていたに違いない。

『日本語源広辞典』で「あやとり」の語源を引いてみた。

「語源は、『アヤ（綾・人知を越えた美しさ）＋取り』です」

人知を越えた美しさ、を指で取る、あるいは取り合う遊びとは、なんとも優雅な語源である。

『日本語語源辞典』で「綾」そのものも調べてみた。あや、は「あやかる」と同根であるらしい。すなわち、

「その物の性質や条理にあやかって自然に生ずる模様とか、いろどりをいう」

のだそうだ。

綾が名につく友人、知人にこれまで何人も出会ってきたけれど、こんなにステキな漢字を親にプレゼントされた人々であったのだ。

「その物の性質や条理にあやかって自然に生ずる模様」で、なるほどと思ったのだが、あやとりは、もともと文字をもたない社会で受け継がれてきたものであるらしかった。

『世界あやとり紀行』を読んでみれば、あやとりが日本だけのものではないということがよくわかる。

本書によれば、あやとりの起源について正確なことはほとんどわかっておらず、自然発生的に、各地でそれぞれの民族が考えだしたもののようだ。日本では、江戸時代前期にはあやとりの文化があったらしいが、一本のヒモを輪にして、絵柄にしていく、それが自然発生的に世界で起こったなんて、なんか、ちょっと胸がふるえてしまった。アフリカ、極北圏、南北アメリカ大陸、オセアニアの、文字をもたない社会で親しまれてきたとも記されている。

あやとりには、歌が伴うことも多いという。歌とともに自分たちの風習や道徳、信仰を伝えていくための手段でもあったというわけだ。

ラパヌイ（イースター島）では、非凡な能力を秘めた子供を見極めるために、あやとりを用いたのだとか。記憶力が優れた子供に一族の家系を覚えさせていたのである。西欧文化の到来によって「文字」がそれに代わり、あやとりは衰退していくものの、のび太くんはあやとりをしているし、世界中にあやとり文化は残っている。

さらに、図書館で見つけた『あやとり学』によると、南太平洋の島、ナウルには「大型カヌー」というあやとりがあり、これは、今から３２００年前ごろ、東南アジアから大きな帆のカヌーで人々が渡ってきたことを表現しているのだとか。

また、北アメリカのナバホの人々は、子供たちに星座を教えるとき、まず「たくさんの星」というあやとりを見せるのだそう。「この形の星が空に見えたらトウモロコシの種を植えなさい」という教訓と一緒に伝わっているあやとりもあるとか。単なる指遊びのように思っていたけれど、あやとりは、書物のさきがけだったのである。

『世界あやとり紀行』には、そんな世界のあやとりの技が写真入りで載っていて、

「えっ、それ、あやとりで表現できるんだ？」

と、驚く技が目白押し。

たとえば、オーストラリアの「たつまき」。ヒモがからまっているだけでは……というクルクル具合であるが、ちゃんと手順があって、このクルクルを何度でも作れるのだからすごい。

カナダの「耳の大きな犬」、アルゼンチンの「火山」、ブラジルの「コウモリの群れ」、ローヤルティ諸島の「こぶた」やソロモン諸島の「人食い鬼」。

「これ、なぁんだ？」と、突然見せられればわけがわからないけれど、

「はい、こぶた」

と、言われれば、
あっ、ホント、見える、見える！　と楽しくなるはず。

写真は載っていなかったけれど、オーストラリアのイッルカラ・アボリジニのあやとりは人間に関わるものが多いのが特徴。「死んだ男」「性交」「肛門《こうもん》」「生理中の女」まで、ヒモ一本で表現しちゃうとのこと。「肛門」は、なんとなーく想像つく

が、死んだ男と生きている男の違いはあやとりでどう表現するのだろう？

この本には、実際に世界の人々があやとりをやって見せてくれている写真も収録されているのだが、これがまたかわいい。大人も子供も、

「ほら、できた！」

と照れくさそうな表情である。

パプアニューギニアでは、あやとりは人気のある遊びなのだそうだ。けれど、取材でもこちらがやって見せないかぎり、みな知らぬ顔をしているのだという。

「長年、西洋人に『くだらない遊び』だと言われ続けてきたからです」

と、書いてあった。

そういえば、漫画の中ののび太くんも、なんの役にも立たないとお母さんに言われていたような気がするなぁ。

あやとりの動きは、大人になっても指が覚えている。こんなに大きな手になったのに、子供のころの手の動きを忘れないでいるのだ。

無人島に一冊持っていくならなんの本？

という問いはあるけれど、

無人島に一個持っていくならなんのおもちゃ？

には、あやとりと答えようか。電池も充電も必要ない上に、軽くて壊れない。最強である。時間はあるのだし、自分だけにしかできないすごい技が完成するやもしれぬ。

ちなみに、のび太くんには、すでに自分で発明した「銀河」や「おどるチョウ」など、いくつものオリジナルの技があるのだった。

あやとり
指にかけた瞬間
指の「間」が記憶を連れてきます

完成した技を見てもらう
ために歩く子供の姿
かわいいです

石蹴《け》りするかわいい生きもの

どこにでも生えている草、ネコジャラシ。その名のとおり、猫に振って見せると大喜びである。

「草」で遊べるなんて、ハハハ、かわいい生きものよのぅ。

猫の無邪気さに顔をほころばせるものの、いやいやいや、人間も似たり寄ったりではあるまいか？　と思い直す。人間は「石」で遊べる生きものなのだった。

石を使ったもっともシンプルな遊びといえば、ひたすら蹴る、というものだろう。小学校の帰り道によくやったけれど、あのころは、あれを遊びと考えていなかったような気がする。下校中の退屈しのぎというか。遊んでいると思わずに遊んでいる。子供だけにあたえられているステキな時間だった。

さて、その石蹴り。ひとりでも楽しめるし、何人かでも楽しめる。複数人で代わる代わる進む石蹴りの場合は、溝に落ちたら負けだの一回休みだの、細かいルールがあり、石蹴りに使われる石は、わかれ道でみなが解散するまで、代替できぬ絶対的なものだった。ただの（値段的にも）石ころだというのに、自動販売機の下に入り込めば、小枝を使って必死の救出！

人間の子は、なんともかわいい生きものよのぅ。

猫に成り代わり、目を細めたくなる。

ちなみに、平べったい石は、蹴ったあと比較的まっすぐ進むが、平べったすぎると蹴り損ない、丸い石は蹴りやすいが、転がりすぎて見失うという難点も。手ごろな石を見つけるのもまた、蹴り手のセンスなのだった。

ひたすら蹴るだけの石蹴りの他に、ケンケン付きの石蹴り遊びもあった。地面に描いた図形の中に石を蹴り入れ、片足で跳び進むタイプである。

こちらの石蹴りの歴史を調べていたら、ものすごいところに辿《たど》りついてしまった。なんと、ギリシア神話である。

『石けり遊び考』という分厚い書物によると、ギリシア神話のひとつに、迷路宮殿に住む怪物を少年が倒し、無事に帰還したという物語があるそうな。この神話をもとに、地面に描いた迷路遊びが生まれ、やがて石蹴りに発展。ヨーロッパやアメリカに広まり、まわりまわって日本にもやってきたのではないかという。日本で遊ばれるようになったのは意外に遅く、明治の初めごろであるらしい。『石けり遊び考』には、日本全国から収集した石蹴りの図形がていねいに紹介されていた。

わたしが子供時代に遊んだ石蹴りの図形は、これによれば「人型」である。かかしのようなシルエットで、頭の部分は三角帽。この本を開くまで、日本全国の子供たちが、「人型」で石蹴り遊びをしているのだと思っていた。しかし、どうやら、そうではないことがわかる。ここには、わたしが遊んだことがない図形がたくさん紹介されている。

たとえば、愛媛県のオバQケン。漫画のオバケのQ太郎に似せた図形の石蹴りである。どこをケンケンし、どこに石を蹴り入れるのか。遊んだことがないので、さっぱりわからない。でも、かなりおもしろそうだ。

他にも、富山県のタニシ型、静岡県のサザエ型、和歌山県の亀型や高知県のおもち型。

図形を眺め、あれこれと跳び方を推測するのも愉快である。わたしは転校経験がないのだけれど、転校が多かった子は、行く先々でさまざまな図に出会っていたということか。

「ここは、サザエ型か」

新天地で、懸命にサザエ型に馴染《なじ》んでいくときの、その子の心情とはいかなるものだっただろう。

ちなみに、この石蹴り、地域によっていろんな呼び名があるらしく、大阪のわたしは「ケンケンパ」だったが、「ゲンゲンパー」「ちっぱちっぱ」「トントンペイ」「バタバタ」「いっけんぱったん」など、ものすごいバリエーションがあるのだった。転校生はこれまた、

「ここは、トントンペイか」

と驚くわけである。

『石けり遊び考』を執筆されたのは、絵本作家の加古里子《かこさとし》さんである。いわずもがな、『からすのパンやさん』や『だるまちゃん』シリーズの作者である。

加古さんはこんなふうに書かれていた。

「子どもという生物は、その成長過程において、とびはね、とびまわる時期があり、そのとびはねる行動を主軸としているから石けり遊びが子どもたちに歓迎されるのである」

ネコジャラシにとびつく猫。人間の子はケンケンパで飛び跳ねて遊ぶ。大人になる前のかわいい準備体操ということか。

地面に膝《ひざ》をつき、石蹴りのニューバージョンを考えていた子供の顔は、相当、かわいかったはずである。考えながら、もう、頭の中で遊んでいるのだから。ギリシア神話からやってきたこの遊びがやがてタニシの図にまでなったのだな、と思えば本当に感慨深い。

どうしよう、今、無性にケンケンパがしたくなってきた。あのころみたいに、一生懸命やってみたい。大人になって出会った友と石蹴りをすれば、今まで気づかなかった愛くるしい横顔が見られるのかもしれない。誘ったら、「やるやる！」と参加しそうな友は何人かいるものの、ケンケン……パのところでアキレス腱《けん》を切りそうでなんだか怖い……（わたしも含め）ので、ひたすら蹴るだけの石蹴りにしておいたほうがよさそうである。

ただの石も〝なにかのかたち〟に
なったとたん宝物になったのでした

絵かきうたのかわいいメロディ

絵かきうたは唐突だ。なんの説明もなくはじまる。たとえば、そう、「マルちゃんが～マメ食べて～」といった具合に。

マルちゃんって誰？

はじめて耳にしたとき、幼いわたしは首をかしげた。けれど、質問できる雰囲気はみじんもなかった。絵かきうたを始めた子は最後までノンストップなのである。

今でもよく覚えているのだけれど、団地の子供たちで集まって遊んでいるときに、「こんなん知ってる？」

と、絵かきうたを始めた子がいた。そこらへんにある石をチョーク代わりにして、団地の壁に描いた。

ちなみに団地の子供たちとひとことで言っても、実際は軽い「派閥」があった。住んでいる棟によって自然と遊ぶ子供同士が決まっており、目と鼻の先の距離なのに、よその棟の子たちとの交流はほとんどなかった。遊ぶ場所にしても、いくつかある公園は自由に使うことができたけれど、各棟の前のちょっとした空き地は、「自分ら」の場所だった。であるからして、自分らの棟にらくがきをするのはOKだけど、よその棟に行ってらくがきするということはなかったし、その逆もなかった。互いのテリトリーの中で絵かきうたも行われていたわけである。

「こんなん知ってる?」

絵かきうたを始めた子は、唐突に、「棒が一本あったとさ〜」とうたい始めた。

「木の?」

と、わたしは思ったのかもしれない。だが、もちろん、質問はかなわない。彼女はあーだこーだとうたいながら、やがてコックさんなる絵を完成させた。

「あっというまにコックさん」

ドヤ顔で言われても、コックさんどころか人間にさえ見えなかった。じゃあ、なんだと言われれば、やはりコックさんでしかないのだった。

絵かきうたのかわいさは、間の抜けた絵もさることながら「うた」の部分にあるのだと思う。絵を描きながら、子供たちがの〜んびりとうたう姿は愛らしい。むろん、当事者だったときにはそのかわいさに気づいていないわけだが、絵かきの最中に子供たちがうたっているという状況が、今になってみればかわいいのである。うたが入る遊びは他にもたくさんある。「はないちもんめ」もそのひとつ。

あの子がほしい！

ほとばしるエネルギーを周囲にまき散らしてうたいあげる姿ももちろんかわいい。しかしながら、その対極にあった絵かきうたの静けさの中にもまた、味わい深いかわいらしさがあった。

棒が一本あったとさ〜

そーっと自分の世界に入り込んでいくあの感じ。

棒、どこにあったんだろ？　学校の裏？

描いている当事者でさえ、小さなからだいっぱいに想像をふくらませているのだから、もう、かわいくないはずがない。

『絵かき遊び考』なる本を開いてみれば、懐かしい絵かきうたがたくさん紹介されていた。「コックさん」もいるかなぁとめくっていると、いたいた、久しぶりのご対面。ちゃんとうたも載っていた。

1　棒が一本あったとさ

からはじまり、

2　葉っぱかな　葉っぱじゃないよ
3　かえるだよ　かえるじゃないよ
4　アヒルだよ

なぞなぞ的につづき、その後、6月6日に雨が降ったり、三角定規やらあんパンやらが出てきてコックさんが完成していた。「6月6日」はからだでいうところの両手にあたるフレーズなので、絵かきうた界ではしょっちゅう登場するのだった。『絵かき遊び考』には、世界の絵かきうたも紹介されていた。

たとえば、中国の絵かきうた。

1　大きな　うりに
2　ねぎ三本

と、きている。うりにねぎ……。「唐突」は世界共通であるらしかった。
そのあと、

3　さくらんぼ　二つ
4　みかんで　赤ちゃん

なんの脈絡もなく食べ物が登場しつづけ、赤ちゃんの顔が完成していた。こうでなくっちゃ！　と、うれしくなるざっくりとした絵である。

『伝承遊び事典』で、絵かきうたはこんなふうに紹介されていた。

「絵やうたの得意な子どもも、苦手な子どもも、楽しくいつでも描いてあそべるのが、絵かきあそび……絵かきうたです」

絵かきうたは、遊びであると同時に、たくさんの子供たちの味方でもあった。うまいへた関係なく楽しい。平和な遊びである。

さらには、大人たちの味方ともいえよう。

「ねえ、なんか絵描いて！」

大人はなんでもできると思っている子供たち。絵が苦手な大人だっているわけだが、でも大丈夫。そんなときは堂々とうたい始めればよいのだった。

棒が一本あったとさ〜

画用紙じゃなく広々描きたいんだよね～
うん うん

輪ゴムたちのかわいい声

輪ゴム
どこの家庭にも いくつかはある
ありふれたもの
買うと いうより
いつの間にか ある感じ
コロッケとかに
輪ゴムたちの 仕事の中で
一番人気があるのって なんだろう?
と、考えて みたんです
たぶん、それは ゴム鉄砲だったり
ゴムとびだったり
輪ゴムを つなげて

そういう仕事に、
輪ゴムたちは憧れて
いるのではないかな
うーん
今の時代は
あんま、ないか
なんて思いながら、
我が家の冷蔵庫に
ぶら下げられている
彼らを眺めてみれば
じー
「ゴメンな」という
気持ちに
しかし、輪ゴムたちは
知っているのです
たとえ、台所の床に
落ちたとしても、
ん？
糸くずのようには
捨てられないと
いうことを
「早く拾って」と
ねだってる感
落ちてる
輪ゴムって
ちょっとかわいいと
思ったのでありました

ソフトクリーム脳が世界をかわいくする

くるくるくるっと巻いて、最後にちょろり。

ソフトクリームのかわいさは、先端のあの「ちょろり」に集約されているんだと思う。

「ちょろり」ならば、卵白の焼き菓子・メレンゲにもある。しかしながら、彼らは放っておいても溶けたりしない。いつだって、サクサクと元気いっぱいだ。

それに引きかえソフトクリームの「ちょろり」は弱々しいし、実際、やわらかい。思わず駆け寄って支えてあげたくなるような（すでにコーンが支えている）独特の吸引力がある。

だからなのか、喫茶店の入り口にある大きなソフトクリームの置物を目にすると、休憩していってもいいかなと心が揺らぐ。ソフトクリームがある店に悪い店はないのだし、とさえ思っているのである。

ところで、ソフトクリームの歴史ってどうなっているのだろう？

日本ソフトクリーム協議会のホームページをのぞいてみたところ、これがまた『ふんわり広場』などという、チャーミングなネーミングなのだった。

ホームページによると、ソフトクリームが誕生したのは１９３１年。アイスクリーム自体は、すでに発明されていたのだが、マイナス20℃で硬く凍らせてから、マイナス５℃に保って販売する方法しかなかった。しかしこの年にアメリカで開発された機械で、やわらかなできたてアイスを作ることに成功。それがソフトクリームのはじまりのようである。

日本にソフトクリームが上陸するのは、それから20年も後の１９５１（昭和26）年。明治神宮外苑で開かれた進駐軍主催のカーニバルの模擬店だったと記されている。その日にちなんで、毎年7月3日は「ソフトクリームの日」なのだそうだ。

ソフトクリーム。子供時代、多くの人がこう思ったに違いない。

「作ってみたいなぁ」

店員さんが、コーンの上にソフトクリームを巻き巻きしている姿は、たいそう魅力的だった。

そういえば旅先のどこのホテルだったか忘れたけれど、朝食バイキングにソフトクリームの機械が置いてあった。これには子供より大人のほうが食いついていた。ド素人に簡単にできるはずがないことくらいわかっているのに、意外に自分には、くるくるちょろりの才能があったりして??と、大人たちが果敢にチャレンジ。結果、粘土を丸めたようなソフトクリームを手に、首をかしげながら席に戻っていくことになる。わたしもやったけれど、「ちょろり」が真横を向いた情けない出来ばえだった。

茂木健一郎さんの『クオリア入門』に、こんな脳の研究のことが書いてあった。実験者が猿に餌《えさ》を差し出し、それをつかませる。その後、同じ猿に、他の猿が餌をつかむところを見せた。すると、自分が餌をつかんだときと同じような脳の動きが見られたのだそうだ。鏡に映したような、ということから「ミラー・ニューロン」と言うらしい。

わたしたち人間がソフトクリームを頰張る人を見たときもまた、同じ感覚になるのではないか?

たとえば、ソフトクリーム屋さんの前を通りかかったとしよう。ひとりの女の子が、ちょうどソフトクリームを手に店から出てきて、パクリと頬張った。

その姿を目撃したわたしの口の中は、確実に「ちょろり」を感じていると思う。というか、今、こうして書いているだけでミラー・ニューロンしちゃってる。

ソフトクリームの「ちょろり」は、歯で噛《か》むというより、上下の唇でカット。その時の、唇へのやわらかな冷たさ。

舌の上ですぐに液体に変化していく感じ。

確かめようはないのだけれど、おそらく、みな、あの感覚を共有しているはず。ソフトクリームを食べたことがある人は、老若男女、ソフトクリーム脳になるのだと想像してみれば、世界がちょっとだけ愛らしくなる。

脳といえば『アイスクリームの歴史物語』にはこう記されていた。

「アイスクリームを食べると脳の快楽信号を発する領野が刺激されて幸福感が生じるといわれている」

幸福感が生じる……。

それってソフトクリームを毎日食べてもいいということでは？（たぶん違う）

家庭用のソフトクリームの機械ってあるのかなとネットで調べてみたところ、安いものなら五千円も出せば買えることが判明。コーヒーメーカー程度の大きさだ。

欲しい。買おうか。「ちょろり」のかわいさを、毎日、思う存分楽しみたい！

しかしながら、準備や後片付けを思うと、画面の購入ボタンを押す勇気が出ない。

親戚の子供たちへのクリスマスプレゼントとして買い、

「ね、ね、おばさんにもやらせて」

という作戦もアリだなと、しばし保留にしておくことにした。

よく見る
立つ
ひらひら
ワッフルコーン
包みタイプ

ソフトクリームたちの
ははっ
ささやかなオシャレだと思うとかわいい

プリン・ア・ラ・モードのかわいいジオラマ感

プリン・ア・ラ・モードのかわいさは、ジオラマ感だと思っている。当然、プリンは「山」。ぽっこり丸い山ではなく、どちらかというと富士山的なシャープな感じ。

そのプリン山を中心に、アイスクリームの丘が広がっている。麓《ふもと》では生クリームの草がもりもり茂る。添えられたキウイやミカン、バナナは色とりどりの花。リンゴのウサギは野生動物の象徴だろう。楽しそうにプリン山で飛び跳ねている。さくらんぼがふたつのっているプリン・ア・ラ・モードを、いまだかつて見たことがない。たったひとつのさくらんぼ。むろん、燃える太陽を表現しているに違いない。

それらが脚付きのガラスの器にバランスよく配置され、ひとつの街を作っている。いや、ひとつの世界を構築している。

わたしは久しぶりに注文したプリン・ア・ラ・モードを前に、子供時代に好きだった「動物たちの旅」ごっこというひとり遊びを思い出していたのだった。

「動物たちの旅」ごっこは、わたしのオリジナルの遊びだった。

親に買ってもらったのか誰かからの土産なのかは覚えていないが、ミニチュアの動物セットを持っていた。ライオン、トラ、ヒョウ、ゾウ、キリン、カバ、ウマ、シカ、サイ、ウサギ、ネズミ。もっとたくさんいたような気がする。

わたしはその動物たちが力を合わせ、長い長い旅に出るところを想像した。

先頭を進む動物はなにか。

やはり強いのがよいだろう、ということで、ライオンを一番前に置いてみる。動物セットの動物たちは友達だから超仲良し、という設定。敵も味方もないので、弱き者がエサになることもない。強い動物は弱い動物を外敵から守りつつ旅をする、という設定だ。

弱い動物といえば草食動物。それらを内側に集め、両脇はトラやヒョウなどでがっちりガード。後方はゾウやカバなどガタイのいい動物で固めた。

絨毯《じゅうたん》の上に完璧な配置で並べられた動物たち。

さぁ、行け、旅に出よ！

動かないはずのおもちゃの動物の群れ。わたしの頭の中で、ときに彼らは激しく外敵と戦い、力を合わせて旅をつづけた。

小さな世界を上から眺めるのは楽しい。プリン・ア・ラ・モードの世界もまたジオラマ感たっぷりである。


さて、「久しぶりに注文したプリン・ア・ラ・モード」と書いたが、注文した店は、横浜中華街からほど近い、ホテルニューグランド本館1階にある「ザ・カフェ」。ここがプリン・ア・ラ・モード発祥の店であるらしい。

『あのメニューが生まれた店』という本によると、プリン・ア・ラ・モードは、戦後まもないころ、アメリカの将校夫人のために考案されたデザートなのだとか。

「味だけでなく、量もアメリカの方々に合わせないといけません」

という、お店側のインタビューを読み、なるほど、量を増やしていった結果、このジオラマデザートになったというわけである。考えたシェフも、きっと楽しかったんじゃないかなぁ。プラモデルに取りかかるときみたいに。

おもしろいのが、プリン・ア・ラ・モードの器。

「量が多いため、プリン・ア・ラ・モードは従来のデザート皿にのりきらず、鰊《にしん》の酢漬けに使っていたコルトンディッシュで供することに」

という説明が本に小さく添えられていた。なんと、あの脚付きのガラスの器は苦肉の策だったのだ。

ちなみに、プリンそのものの誕生秘話が『洋菓子はじめて物語』という本で紹介されていた。なんでも、イギリス海軍のシェフが、あまった食材をひとまとめにして蒸してみた、というのがプリンのはじまりなのだとか。

プリン・ア・ラ・モードが運ばれてきた。

発祥の店のプリン・ア・ラ・モードだ。

かわいい。リンゴのウサギもいる。さくらんぼの太陽ものぼっている。プリン山は小さめだが、どっしりした印象。たまごをたっぷり使っているのかもしれない。プリン山の裏に、プルーンの岩が置いてあった。渋いセンスだ。わたしなら何を置くだろう？　ウエハースの木か？

わたしはプリン・ア・ラ・モードにとって外敵であった。完結された世界を少しずつぶっつぶしにかかる巨人である。

構築するのも楽しいが、崩していくのもまた楽しい。「動物たちの旅」ごっこの後のお片付け。ざーっと集め、ふた付きのカゴに入れたときの迷いのなさ。

いざ、プリン・ア・ラ・モードのジオラマ壊し！

実をいうと、わたしは大人になるにつれ、プリンというお菓子への興味が薄れている。メニューにケーキやパフェがあるなら気分はそっち。なので、この発祥の店で食べるプリン・ア・ラ・モードが、人生最後のプリン・ア・ラ・モードになる可能性は大いにあった。

さようなら、鰊の酢漬け皿のジオラマの世界。

さようなら、かわいいプリン・ア・ラ・モードの国。

プリン・ア・ラ・モードが
ぺたんこのお皿で出てくると
ちょっとテンション下がります
守られ感が
ない……
「ア・ラ」の
響きも
かわいいんですよネ
この高床式で
かわいさUP!!

かわいいメロンパンは傷だらけ

パン屋に入る。どれにしようかなぁと、トングをカチカチさせて歩いているときに、メロンパンを見かけるとホッとする。

「うん、ある」

いつも買うわけではないし、買わないことのほうが多いけれど、ないとさみしい。トレーの上にポコポコ並んでいるあの姿。帽子をかぶった幼稚園児たちが遊んでいるみたいな、無垢《むく》なかわいさがある。

メロンパンには、基本、メロンが入っていない。なのに、まったく悪びれていない。その自由な感じも子供らしいのだった。

もし、ぶどうパンにぶどうが一粒も入っていなかったとしたら?

買った人からの苦情はさけられないだろう。

「ぶどうパンなのに、ぶどう入ってなかったんですけど」

「お客さま、こちら、ぶどうの房のシルエットのパンなんです」

こう返されたら、ちょっとモメそうだ。メロンパンなら、なんの問題もないというのに。

『メロンパンの真実』という本を読んでみれば、メロンパンの名前の由来には諸説あるようだ。
・表面のひび割れが、たまたまマスクメロンの皮とよく似ていた
・高級なマスクメロン人気にあやかって、形と格子《こうし》模様を似せた菓子パンを考案した
・「メレンゲ」がなまって「メロン」となった（メロンパンの表面部分のビスケット生地にはメレンゲを加えるらしい）
由来は謎のまま。ああ見えて、ミステリアスなパンだった。

3つの説のうちのふたつに、マスクメロンが登場している。メロン界のアミアミ柄代表といえば、やはりマスクメロンであろう。

ちなみに、アミアミがあるメロンはネット型、アミアミなしはノーネット型と分

類されるのだが、『果実の事典』によると、ネット型でも、温度や湿度や水のバランスが崩れると、ネットなしの坊主玉になるそうな。さらに、『野菜園芸大百科メロン』によれば、メロンのネット発生には遺伝的な要素が大きく、本来、ネットメロンのはずが青坊主になることもあるらしい。

アミアミ柄がうまく出なかっただけで、坊主玉やら、青坊主やら、この言われようって……。


ところで、ネット型メロンの、あのアミアミってなんなんですかね?

調べてみて驚いた。驚いたというか、軽く引いた。

あれ、実は〈かさぶた〉だったのである。

メロンの実が大きくなるにしたがって中身のほうが表皮より成長し、どんどんふくらんでいく。そうすると表皮がひび割れて亀裂が入り、さらにその亀裂から分泌液が出てくる。

「あのふしぎな網目は高貴なメロンのイメージをこわすようですが、『傷をおおうかさぶた』のようなものです」

『フルーツひとつばなし』にはこのように記されている。

ということは、現在、メロンパンに入っている模様も、当然、かさぶたをマネたもの……。メロンパンは、自分がかさぶた柄であることも知らず、焼かれつづけていたのだ。

しかし、彼らは、かさぶた柄だろうが、表面がつるつるタイプだろうが、まったく気にしていないようだ（たぶん）。さらには、サクサクでも、しっとりでもよしとしている。

西日本方面には細長のマクワウリ形のメロンパンもあるらしい。なんと形状さえこだわらぬパンだった。

わたしは大阪出身なのだが、そういえば昔、マクワウリ形を食べた気がしないでもない。メロンパンという認識はなかったがメロンパンと呼んでいたのかも？　わたしの記憶が曖昧《あいまい》でも、たぶん、メロンパンは許してくれるんだと思う。

最近はメロン果汁や果肉入りのメロンパンもあるようだ。東京・上野のパン屋さんＨＯＫＵＯではメロンパンに目鼻を貼付《はりつ》け、かわいいメロンパンダとして販売されている。

試しにネット検索してみれば、「イチゴメロンパン」「バナナメロンパン」「パインメロンパン」「マンゴーメロンパン」など、メロンパンはさまざまなフルーツたちとタッグを組んで商品化されている。驚くことに「カレーメロンパン」まで存在し、辛い系との交流まで持っていた。

何味だっていい。何色だっていい。

というか、もうなんだっていい。

メロンパンと名乗るならば、メロンパンでいいのだヨ。

傷ついたものだけが知る、ふんわり包み込むようなやさしさ。メロンパンは、今後も進化しつつ、パン屋のトレーの上でかわいらしく遊びつづけるのだろう。

メロンパンダも
うちの近所で
売ってる
カメロンパンも
かさぶたで
がんばってるん
だね〜
ハハッ

かわいいくりかえし

パンダ
の、名前ってパターンがありますよね
「シャンシャン」のように
音がくりかえされている
と、思っていたら
和歌山のアドベンチャーワールドのパンダは違う
おお
永明《えいめい》、良浜《らうひん》、桜浜《おうひん》、桃浜《とうひん》、結浜《ゆいひん》、彩浜《さいひん》
6頭とも渋い!!
とはいえ、パンダの名のイメージとしては、音のくりかえしが強い
日本に最初にやってきたのはカンカンとランラン
1972年なのでかれこれ50年近く前になるわけですが、
小さかったのでその時のことは記憶にない……

しかし、その後、リンリンとランランという双子のデュオが
デビューしたのは覚えてます
ふたりとも同じ容姿でかわいかったのですが
人形も持ってた
わたしはリンリンが好きでした
「リンリン」という響きが鈴の音のようで
かわいい名前だなー
と、思っていたのでした
上野動物園のシャンシャンも、ちょっと鈴の音っぽいので
好きな名前です
次に赤ちゃんパンダが生まれたら、
「チリンチリン」ってどうですかね？

紙風船のかわいいルーツ

息を吹き込むと、パリパリと音をたてながらふくらんでいく紙風船。同じ紙であるのに平面から立体になったとたん、

「あ、かわいい」

ふわりと情が湧いてくる。

紙風船は後戻りしない。ビーチボールのように、遊び終わったら空気を抜いてまた使う、なんてことがない。基本はふくらませたが最後。ピンと張った紙にも少しずつシワが増え、ハリがなくなり、ヘナっとなって、静かにこの世からフェードアウトしていく。

それは我々の一生とどこか似ている。情が湧くのも当然だろう。

突然ですが、ここで問題です。

知らない人がふくらませた紙風船と、口臭が気になる知人がふくらませた紙風船。

選ぶならどっち？

自分で考えた問いに、なかなか答えられない。

紙風船の穴は閉じてはおらぬ。最終的にただの空気になるにしても、ふくらませた当初は「その人の息」である。それで遊びたいか遊びたくないか問題も、ある。なんでもかんでも（誰でも彼でも）愛《いと》おしいわけじゃないというのもまた、人間味があるように思えるのだった。

『「息さわやか」の科学』という本では、男子中学生・高校生783人を対象に、他人の口臭に気づいたときは注意するか、という興味深いアンケートを行っている。

結果は、家族なら注意するが約30パーセント。友人なら約6パーセント。

「ずばずば家族に対して意見を言いそうな男子生徒でも、口臭のあることを指摘するのは、身近な存在である家族に対しても約3分の1しかいませんでした」

と、まとめられていた。

口臭は家族ですら言い出しにくいもの。紙風船をふくらませてあげるときには、たとえ親戚の子供にであっても、一旦、お口の匂いを確認したほうがよさそうである。

さてさて、紙風船のもとになったのは、どうやら気球のようである。『昭和レトロ博物館』という本を開いてみたところ、

「実はこのルーツは古く明治二三（一八九〇）年に皇居前広場でイギリス人があげた軽気球がヒントだったという」

と、あった。

空飛ぶ気球を見て、小さな紙の風船を作ってみたヨ。

これまた、なかなか、かわいい発想である。

さらに、紙風船の歴史を調べていたら、「富山の薬売り」というキーワードがヒットした。富山の薬売りが、得意先の家庭の子供たちへの土産に紙風船を配っていたというのだ。

富山の薬売り。そういえば子供のころ、大阪の我が家にも何ヶ月かに一度ひょっこり現れた。いつも同じ人だったのか、そうでなかったのか。母が玄関先で親しそうに話していたことを思えば、馴染みの人だったのだろう。

母のとなりに座り、薬屋さんが薬箱の中を調べるのを一緒に見ていたのを覚えて

いる。出番が多いのは、傷薬、バンソウコウ、風邪薬。遠足がある春と秋には、乗り物酔いの薬なんかも開封していたのかもしれない。

薬屋さんがチェックして帰ったあとの薬箱をのぞくのが好きだった。隙間なく配置された、たくさんの薬たち。なかなか使ってもらえない薬は、やきもちをやいているように見えた。

残念ながら、薬屋さんに紙風船をもらった思い出がない。でも、きっと、もらって遊んでいたのだろう。何人かの友人に聞いたところ、「もらった、もらった」と懐かしがっていたから。


おっと、そうだった。紙風船といえば、新潟をひとり旅したときに、土産売り場でやたらと紙風船を見かけたのである。新潟県の出雲崎町《いずもざきまち》というところに、国内唯一の紙風船の製造元があるそうな。

磯野紙風船製造所のホームページをのぞいてみた。なんと、1919（大正8）年から紙風船を作りつづけているというではないか。出雲崎町はもともと漁師町で、海が荒れる冬場の内職として紙風船作りがさかんになったという。

磯野紙風船製造所の商品ラインナップは、もう、めちゃくちゃ楽しい。たこやくらげ、ペンギン、金魚、かぶと虫など、さまざまなものが紙風船化されている。こんな愉快な紙風船をパンパンと打ち上げているところを想像してみれば……。

「かわいい！」

パソコン画面をスクロールしつつ、思わずにやにや。

紙風船の紙は打ったときに出る音のことも考えられているのだと、どこかで聞いたことがある。

この世界に存在するありとあらゆる音の中で、紙風船のパンパンの音は確実に「かわいい音」に分類してよいと思う。

好きなセンパイが
ふくらませた風船なら

たぶん、テープで穴を
ふさいでいたと思う（かわいい）

雪だるまのかわいい下手さ加減

大人も子供も。絵心がある人もない人も。

誰が作ってもさほど変わらない雪だるまのゆる〜い完成度。

「大丈夫？　おなか減ってない？」

かがんで声をかけたくなるような、そんなかわいらしさが雪だるまにはある。

しかしである。外国の雪だるまに関しては、ずっとモヤモヤするものがあった。

ニンジンである。海外の雪だるまといえば、よく鼻の部分にニンジンが挿《さ》してある。そのせいで完成度がいっきにアップし、かわいいというよりオシャレな姿になってしまう。

それだけではない。

あのニンジン鼻は、「あるものでがんばった感」に欠けるのだ。

雪が降って、積もった。

「ね、雪だるま、作らない？」

「作ろう、作ろう！」

ころころと転がして大きく育てたら、次は小玉。よっこらしょと大玉の上にのっける。

仕上げは顔だ。なにか使える材料がないかと周囲を見回す。目は石でいいよね、口は葉っぱかな？　じゃあ、鼻はどうしようか。雪の中、あれでもない、これでもないと想像力を働かせているときに、

「うちにニンジンあるから取ってくる！」

というのは、ちょっと違うんじゃないか。

あるもんでがんばろうや。

わたしなら思うだろう。工夫して作った顔だから親しみが湧き、親しみが湧くからかわいらしく、かわいらしいからとけてなくなるまで見守りたい気持ちが芽生えるのではあるまいか。


ところで、雪だるまってどのくらい前からあるのだろうか？

『日本こどものあそび大図鑑』をめくってみれば、紫式部の『源氏物語』に、子供が雪遊びをしている様子を書いたものがあるとのこと。さらには、751(天平勝宝《てんぴょうしょうほう》3)年の歌会で詠《よ》まれた歌の中に、雪で岩の形を作って観賞したという記述もあるようだ。大昔から、人は雪を見るとなんやかんやと作りたくなっちゃうらしい。

で、雪だるまである。前述とはまた別の『江戸時代 子ども遊び大事典』の中に、ものすごいものを発見してしまった。

浮世絵に描かれた雪だるまの絵が紹介されているのだが、その雪だるま、もろ「達磨《だるま》」なのだ。わたしたちが見慣れているあの赤い達磨を真っ白い雪で作って遊んでいる人々の絵があったのだ。

「え、こっちのだるま?」

図書館で思わずひとりごとを言ってしまった。

浮世絵の「達磨」、どうやら目や眉は墨で描いているようだ。鼻に関しては雪で立体的に作っている。はっきり言って怖い。夜、月明かりの下で見たら、ぞっとしそうだ。この達磨から、よくまぁ、今の朴訥《ぼくとつ》とした雪だるまになったものである。

さて、雪だるまといえば、ちょっとかわいいエピソード。

昔、住んでいた、駅前の古いマンション。かなりの大所帯で、わたしの部屋はワンルームだったが、となりはファミリーサイズらしく間取りもいろいろ。住人同士のつきあいはなく、防犯上、表札さえ出していない家も多かった。

ある日、東京に雪が積もった。

わたしは小さな雪だるまをひとつ作った。それを自宅の玄関前にちょんと置いておいたら、翌朝、その子に友達ができていた。誰かが作った雪だるまが並べて置かれていたのである。

アルバイト帰りだったので、わたしが雪だるまを作ったのは夜だった。わたしの雪だるまに「友達」を作ってくれた人も遅い帰りだったのだろう。

雪だるまを見て、かわいいなと思った。

作ってみようか、と思った。

並べておいたらこの家の人は明日、笑うだろうか？　と思った。

そんな想像をさせてくれた、無料の贈り物。

もし、あの雪だるまの鼻がニンジンだったとしたら？

雪がとけたあとニンジンが残る。わたしは知らない人にニンジンをもらったことになってしまう。あとにはな～んにも残らないのがいい。雪だるまは、そのくらいあっさりしていてほしい。そんな気がするのだった。

こんな
かまくら
あったら
かわいいですね？

スタイルよすぎると
かわいさから離れるな
うーん
オシャレ
2段目あり
本気
かわいい

ドングリのかわいいテンション

ドングリ。

落ちているのを見かけると、うれしい気持ちになるのはなぜなのだろう？

とはいえ持って帰るわけでもない。大人になれば、ドングリを発見したところで、ただそれだけのこと。

なのに、うれしい。

「あっ、ドングリ」

心の中で小さく喜ばずにはいられない、あの感じ。

ドングリに対する親近感は、彼らが擬人化されてきたからではないか。

童謡では、転がったドングリが池にハマって大騒ぎ。

よくよく考えれば、木の実が池に落ちただけ。なのに、ドジョウに助けられ、さらには「坊ちゃん」などと呼ばれてたいそうかわいがられている。知らぬ間にこちらまでがドングリ坊ちゃんの面倒を見る側の気持ちになっていたのだった。

擬人化といえば、ドングリのあの帽子。専門的には「殻斗《かくと》」と呼ばれるものだが、あれは、もう、どう見てもベレー帽。

ああいうの、わたしも小さいときかぶってたなぁ。

とこれまた親しみが湧いてくる。


しかし、ふいに、あることを思ったのだった。

ドングリを見つけて、

「あっ、ドングリ」

と反応するのは、ひょっとするとDNAレベルの話なのではあるまいか？

『科学のアルバム　ドングリ』には、稲作農耕が日本で発達する以前には、ドングリが大切な食糧だったと記されている。ドングリのアクぬきをするための道具として、土器が発明されたんじゃないかと考える学者もいるのだそうな。

食べるための、いや、生きるためのドングリ拾い。

その名残が今もわたしたちの中に静かに眠っており、だから、ドングリを見つけるとちょっとテンションが上がってしまうとか？

もしそうなら、我々人間ってちょっとかわいい。無意識にドングリに反応する性《さが》だなんて……。

ちなみに、『どんぐりの食べ方　森の恵みのごちそう』という本を開いてみれば、

ドングリ釜飯
ドングリの衣の天ぷら
ドングリティラミス

レシピが盛りだくさん。古代の話ではなく、今も食べられているのだった。

ドングリ。

拾い始めるとやめられなかった子供のころ。

友達と数を競い合うこともあったけれど、それより、拾うこと自体を楽しんで

いた。

こっちのドングリも、あっちのドングリも。

小さな手でつまみあげ、ポケット、あるいはビニール袋にどんどん入れていく。ドングリ拾いは遊びである。なのに、笑いながら拾っている子なんかひとりもいなかった。表情は真剣そのもの。みな、心の中でドングリに話しかけていたのではなかったか。

「連れて帰ってあげるからね！」

自分も半分ドングリになっている。

道ばたのドングリに引きつけられるのは、ドングリ拾いの思い出の中にいる、幼い自分自身に対するかわいさが蘇《よみがえ》るからかもしれなかった。

ところで、ドングリの「ドン」って、なんなのだろう？

「グリ」のほうは栗《くり》なのだろうか？

『日本語語源辞典』を開いてみる。

「コマ（独楽）にして遊んだので、独楽の古名ツムグリがドングリとなったもの」

名の由来がコマ。やっぱりかわいい坊ちゃんたちである。

「ドングリの背くらべ」って
想像するとかわいいな～と
思ってたんですけど……

ドングリを調べていたら
大きさってけっこー
違うのでした

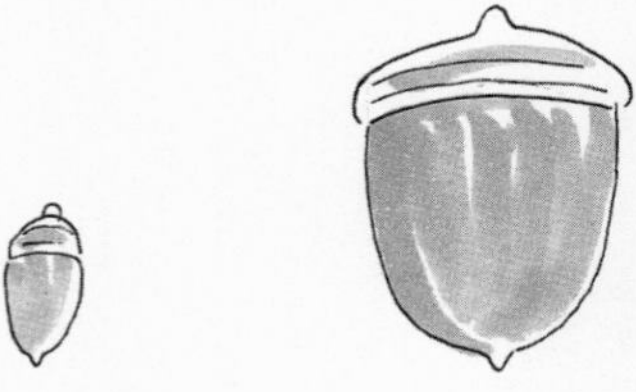

シラカシ
13〜15ミリ

オキナワ
ウラジロガシ
30〜50ミリ

シャーペンの芯のかわいい労《いたわ》り合い

台東区にある日本文具資料館へ行ってみたところ、
シャーペンは日本には明治10年にはじめて輸入されたのか〜
ほー
国内での製造は大正4年、早川金属工業で
えっ？現在の「シャープ」
あのシャープ!!
か弱く見えても
芯は強い、ってか
なんてね
芯は強いが
シャーペンの芯のケースをゆらしたときの音は
シャラシャラとかわいいのでありました

毛玉たちのかわいい集会

毛玉。

困り者である。もちろんわたしも好きではないけれど、それは大人になってからのことで、子供時代のわたしは毛玉が好きだった。正確にいうなら毛玉たちのことが好きだった。

いつの間にかセーターのいろんな部位に生息している毛玉たち。幼いわたしには集まって遊んでいるように見えた。

じーっと観察すると毛玉にも大小があり、お兄さんやお姉さん、妹や弟、いろんな子たちが群れていた。なんの遊びをしているのかまではわからなかったが、彼らはみな仲良しだった。

しかし、毛玉たちは、ある日、忽然《こつぜん》と姿を消すのだった。母が糸切りバサミなどで処理していたのだろうが、いなくなって悲しい思いをした覚えはない。彼らが再び集まってくる予感はあったし、そもそも、そこまで強い思い入れもなかった。それは自分だけのちょっとした物語だった。

ところで、日本における毛玉の歴史とはどうなっているのだろう？　牧羊に馴染みがなかったわけだから、羊毛を着る文化も長らくなかったはずである。

『日本服飾史』なる本を開いてみれば、

「中世末期の南蛮人によってもたらされた羅紗《らしゃ》は、戦国時代には陣羽織《じんばおり》、胴服《どうふく》、江戸時代の火事羽織などに使用されましたが、すべて輸入品でした」

とある。ちなみに、羅紗は毛織物のこと。

戦国時代の武将たちが、夜な夜な陣羽織の毛玉をむしっていたとしたら、ちょっとかわいい。陣羽織に毛玉ができるのかは不明であるが、おそらく、その当時「毛玉」という言葉は存在していなかっただろう。

同書によると、民営で本格的に毛織物の生産がはじまったのは1881（明治14）年。ただし、庶民に広まったのはもう少しあとのようだ。『日本人のすがたと暮らし』には、防寒具という言葉がさかんに使われ始めたのは1910年代（明治末～大正初め）とある。女性が下着に毛織物などの「股引《ももひき》」をはくことが推奨されていたらしい。ようするに、毛糸のパッチである。1922（大正11）年の秋には毛糸製品が大流行し、毛糸屋さんが大繁盛したらしい。そう考えると毛糸とのつきあい、すなわち毛玉とのつきあいは百年余。長いつきあいである。

電動の毛玉取り機という画期的な商品が登場し、毛玉たちにしてみれば遊ぶ場所も減っただろうが、隙あらばセーターの公園にころころと忍び込み、彼らは今でも元気に遊び回っている。

毛玉。どんな子たちなのか。

いくつかの辞書で「毛玉」を引いてみた。

「編み物や織物の表面の、長いけばがすれてできた小さな玉」（『大辞林』）

けばがすれてできた……。すれているのか。ちょっとワルな毛玉だ。いや、ワルぶってはいるけれど、ほわほわと温かい心の持ち主であることは確かだ。

「毛糸の編み物や毛のメリヤスの、毛の一部がよれて小さな玉になるもの」（『講談社カラー版日本語大辞典』）

よれて小さな玉……。よれる。よじれる。もつれている。思い悩んでいる毛玉に違いない。それは一体、どんな悩みなのか。電動の毛玉取り機ではなく、T字カミソリで最期をむかえたい、と悩んでいるのかもしれなかった。セーターの毛玉をT字カミソリでやさしくなぜるようにして取る方法もあるようだ。

「編み物や織物の表面の毛がより固まって、玉のようになったもの」（『集英社国語辞典』）

玉のようになったもの……。「小さい」という言葉がそこにはなかった。そのせいか、豪華な印象を受ける。翡翠《ひすい》のような毛玉かもしれない。お金持ちの家の毛玉なのだろう。友達が遊んでいる公園に最新のおもちゃを持って現れるような。

わたしの子供時代もそういう子がいて、みな、新しいおもちゃを借りたいものだから、やたらとやさしくしていたっけなぁ。

ワルな毛玉、悩み多き毛玉、お金持ちの毛玉。いろんな毛玉たちが集まってセーターの表面で遊んでいる、と想像してみれば、大人にはなったけれど、毛玉、やっぱりかわいいかも？　という気になってくる。くるか？

毛玉にも心がある。

それに似たかわいい物語は、どんな子供たちの中にもあるのだろう。

わたしにも、毛玉以外のヒミツの物語があった。爪楊枝物語《つまようじ》である。爪楊枝立てにぎゅーぎゅーと押し込まれている爪楊枝たち。外側の爪楊枝は屈強で、内側にいけばいくほど、力の弱い子供であった。弱者を守るようなフォーメーションで、彼らは爪楊枝立てにささっている（ことになっていた）。

12色の色鉛筆セットにも、小学校の絵の具のセットにも、母親の裁縫箱《さいほう》のボタンにもいろんな性格の子がいて、みないきいきと暮らしていた。どれも、わたしにとっては大切な物語だった。

「毛玉」を辞書で調べているとき
「けだま」の次が「けだもの」だと

かわいいほうを
応援したいのが
心情です

ひらひら揺れるかわいいスピン

机の前にぼんやり座っていたら、窓からの風で揺れるヒモがあった。

そういえば、これ、かわいいじゃないの！

積まれている単行本から飛び出ている「しおり」である。出版業界的にはスピンと呼ばれているらしい。

『新和英大辞典』で「しおり」を引いてみたら、英語では「ブックマーク」、あるいは「リボン」とある。しおりをスピンと呼ぶのは、日本独自の言い方なのであろう。

スピン。

ちょっと違うなぁ、という気がする。寝起きの小学生の髪の毛みたいな、あのやわらかなボサボサ感。スピンなどというキレのある名ではなく、「ホワン」とか「ポッサ」とか、そういうとぼけた雰囲気がよいのになぁ。新名称を編み出してみたところで、もう名づけられているのだからしょうがない。

製本会社のホームページをちらちらのぞいてみたところ、絵の具の数ほどはないものの、スピンの色見本はたくさんあるのだった。なんと、蛍光色まで。本をデザインする人々の飽くなきこだわりが、この数になっているわけである。

さらに、そのこだわりは色だけでなく、靴ヒモくらい幅広のものもあった。大判の画集なんかには、これくらいの迫力が必要に違いない。


さて、このスピン。『日本国語大辞典』で調べてみた。意味がたくさんあった。

1　回ること。回転。旋回。
2　飛行機の錐揉《きりもみ》降下。
3　フィギュアスケートで、氷上の一点でこまのように、体を旋回させること。
4　テニスや卓球で、ひねり球。
5　ダンスで、足の親指のつけ根のふくらんだ部分で回転すること。

と、きて、ようやく、次にそれらしきものが登場。

6　糸をつむぐこと。

「糸をつむぐこと」から、本に挟むあのヒモをスピンと呼ぶまでの道のりも気になるところである。

とはいえ、スピンは世間一般的には「しおり」と呼ばれている。しおりについても調べてみようと、『語源大辞典』をめくってみる。

しおりは、

「もとは、シオル（枝折る）から。木の枝（し）を折り、道しるべとした」

とのこと。

しおりは、道しるべ……なるほどなぁ。

なんだかじーんとしていたところに、『平凡社大百科事典』の「しおり」のページを開いて、ますますじーんとしてしまった。

「読みさしの本に挟んでおく栞《しおり》もまた帰路の道しるべの一種である。ただしそれは、読者が読みさしの本に帰るときの道しるべである」

ロマンチックな事典である。

買い揃《そろ》えるならここのにしたいが、我が家に百科事典の置き場所があるはずもなく、今後も図書館で愛用しようと思う。

わたしの人生において、もっとも古いスピンの思い出。それは、スピンの食感である。

いや、食べてはいない。

食べてはいないが舐《な》めていた。

おそらく小学校に上がる前くらいだった。父の本棚から取り出した本。ひらひらと付いたリボンをかわいいと思ったのだろうし、おもしろいと思ったのだろうし、おもちゃのように触って遊んでいたのだろう。ふと、舐めてみたくなっても、しょうがないと思う。端からスーッと舐め、また戻って端からスーッ。味はしない。サラサラ感を味わうだけ。自分の本のスピンを愛娘《まなむすめ》が味わっているとき、父はせっせと労働していたわけである。

スピンがなくても、本は読める。でも、あるとちょっとうれしい。うれしいし、かわいい。わたしはその食感さえ知っていて、それは、幼いころのわたしに戻る「道しるべ」のひとつでもあるのだった。

文庫本、
新潮文庫には
スピンがあるのを
はじめて知りました

スピンの「のれん」って
かわいいかもしれません

よまにゃ

頭が選ぶ本と、

心が欲しがる本は、違う。

箸置きのかわいい輝き

箸置き。

箸を置くためのものであるが、あれもやはり「食器」と呼ぶのだろうか？

いや、食べ物を入れないから食器の仲間には入れてもらえていないのかもしれない。彼らは、「箸置き」という独立した部署で働いているに違いなかった。

うちにもいくつかある。

「かわいいなぁ」

と、旅先などで買ったものもあれば、

「かわいい、うれしい！　ありがとう」

と、いただいたものもある。

我が家では、お客さまが来たときだけ登場するのだが、お客さまはほとんど来ないので、基本、箸置きたちは、今か今かと引き出しの中でじーっと出番を待っている。

それにしても、いろんな箸置きがあるなぁと思う。「箸置き」で画像検索してみたら、出るわ、出るわ。「もみじ」「ひょうたん」「折り鶴」といった定番の和のグループ。「猫」や「鳥」や「パンダ」などの動物組。野菜一派もそこそこ幅を利かせている。「れんこん」「えだまめ」「とうがらし」。大物もある。「列車」や「飛行機」「新幹線」。

探してみれば、宇宙船なんかもあるのではないか？

というわけで、「宇宙箸置き」で画像検索してみたところ、横たわる宇宙飛行士の腹の上に箸を置いている写真が出てきたのだった。

箸を置いてもらうためだけに、あらゆる分野から小さくなってやってきた彼らのことを思うと毎日使ってやりたいなぁと思う。

しかし、使わない理由は明らかだった。

箸、あんまり置かない、である。

いただきます、と食べ始めれば、しゃかしゃかしゃかしゃかとゴールまで一直線。右手に箸を持ったまま、左手で湯呑みを持ち上げているのはわたしだけなのでしょうか……。

ところでこの箸置き、いつくらいからあるものなのか。

『箸』という本を開いてみれば、『紫式部日記』の中にすでに箸置きに関する記述があるとのことで、平安時代には貴族の食膳にて使われていたとか。とはいえ、それは箸先を置くというより、「馬頭盤《ばとうばん》」と呼ばれる脚付きの小さなトレー状のもののようだ。海を越え中国から伝わってきたらしい。

また、現在の箸置きに近い「耳かわらけ」と呼ばれるものもある。

「箸を置く台として最初にみられるのは、粘土をこねて円形にのばし、向かいあった縁を指で軽く挟んで立てるようにして焼いた、耳かわらけ（耳皿）である」

本には耳かわらけの写真も添えられていたのだが、本当に耳の形みたいな素朴な箸置き。ちなみに「かわらけ」とは土器のこと。それが時代とともに「新幹線」にまでなったと思うと、なんだかちょっと感慨深い。

小さな箸置きにも、大きな歴史があったのだ。

箸置きは、海外からの観光客の土産物としても人気があると聞いたことがある。箸を使わない国の人々が持ち帰る箸置き。

窓辺に飾るのかもしれない。引き出しの「つまみ」なんかに利用する人もいるのかもしれない。ブローチやイヤリングにしてパーティへ行く人もいなくはないだろう。

どのように使っても小さくてかわいい箸置きであるが、箸置きがもっとも光り輝く瞬間。それは、初見なのではないか？　とわたしは思っている。

そっとつまみあげ、手のひらにのせる、あの瞬間。

手に入れられないものはたくさんあるけれど、箸置きは、我が手にぎゅっと握ればかくれてしまう。そこにはかわいさとともに、安堵《あんど》すらあるように思えるのだった。

箸置き売り場にて
これって
一体……
おてもと
割り箸形の箸置きを発見する
どういうことや
?

猫のしっぽのかわいいくねくね

猫好きなので、猫のからだつきも好きなのだが、中でもしっぽは特別にかわいい。短いのもいいが、やはりひょろりと長い尾。

くねくね、くねくね。

どことなく、おもちゃっぽいのがかわいらしい、と、わたしは思っている。

まっさきに思い出すのは、竹でできたへビのおもちゃ。先端をつまんで左右にゆらすと、くねくねとへビのような動きをするアレ。竹ではなく、プラスチックのもある。赤とか青とか、ド派手なやつ。

子供のころに何度か買ってもらったことがあるが、あのおもちゃは、なんという名称なのだろう?

「くねくねへびおもちゃ」で検索してみたところ、通販サイトでは「くねくねへび丸」という商品名で売られていた。プラスチックタイプである。

商品説明には、「生きているかのように動かして遊べる、くねくねへび丸です」とあった。

わたしは安堵した。

「くねくねへび」ではなく「くねくねへび丸」。「丸」が付くことで「名前感」がある。姓がくねくね、名がへび丸だろうか。ただ揺さぶられているだけではなく、彼らにも名前があり、そうなると、人となり、いや、ヘビとなりもわかる。

へび丸。やさしい子なのだ。人間たちのために「揺さぶられてあげている」のである。

調子にのってさらに検索していたら、このヘビのおもちゃはものすごい進化をとげていた。なんと、ラジコンになっていたのだ。

商品説明を読む。

「クネクネと進み、左、右旋回が可能。本物のガラガラヘビのようなラジコン、スネークRCです」

スネークRCのヘビは、へび丸より、若干、強面《こわもて》だ。遠隔操作するためのリモコンとセットになっている。

ああ、床を這《は》わせてみたい！

車や飛行機をラジコンで動かすのとはひと味違う臨場感を味わえそうではないか。

そう、そうなのだ。「くねくねへび丸」も猫のしっぽもそうだが、くねくねには
どこか心弾ませるものがある。新体操のリボンをくねくねさせてみたい気持ちや、
火がついた花火をくねくね振ってみたい衝動も、そこからやってくるのではあるまいか。

『猫の事典』なる本を開いてみた。

猫のしっぽには約20個の骨があるそうな。何個あるのか想像したこともなかったので、それについての感想はない。

「そのおかげで、ネコは尾をヘビのように動かして、バランスをとります」

とあった。出た、やはり、ヘビのくねくねであった。

猫のしっぽがコミュニケーションにも使われているのは有名だが、一番わかりやすいのは威嚇《いかく》のときだろう。ぼわっとふくらませ、まるでキツネの尾のようになる。

他にも、後ろ足の間にしっぽを挟んでいたら全面降伏の合図。いらいらしたり、怒

っているときは、しっぽを激しく振る。

犬に比べ、気ままだとかわがままだとか言われている猫だが、案外、素直な意思表示である。

そうかと思えば、『猫の教科書』にこんなことが書いてあった。

「母猫が子猫を遊ばせているときは、自分の意思で動かしているというよりも、尾が勝手に動くようです」

なんと、無意識にくねくねできるおおらかさもあったのだ。

すごいなぁ、猫のしっぽ。

わたしはときどき空想する。

わたしたち人間にしっぽがあれば、どのように使うのか。

とりあえず傘はしっぽで持つだろう。お風呂で背中を洗うのにも便利そうだ。パソコンに向かっているとき、先っぽで肩のツボなんかを押せればめちゃくちゃいいなぁ。

でも、なにより、これがいい気がする。

カフェでお茶しつつ自分のしっぽをくねくね動かし、

「かわいいなぁ」

なんて、眺めていたいものである。

夢が広がる
猫のしっぽ

タンポポのかわいい響き

やっぱり〝ポポ〟がかわいいんだよなー
タンポポの話です
〝ポポ〟の響きがなんとも言えぬ花ですが
ポポ
『暮らしのことば新語源辞典』を引いてみれば
どれどれ
タンポポの語源については諸説あるが、「鼓《つづみ》」を意味する小児語から出たという説がよい。
と、あり
鼓!!
「タン、ポポ」と鼓の音を聞いたのだとか
タン ポポ
この先、
空耳〜
鼓の音=タンポポになりそう

タンポポにも
いろいろあるらしく
セイヨウ
タンポポ
カントウ
タンポポ
カンサイ
タンポポ
中には白いタンポポも
その名も
シロバナ
タンポポ
九州や四国では
白いタンポポ〜
見てみたい
そんでもって
タンポポは
キク科
タンポポ属
タンポポ属
うひゃー
かわいー
なにかとかわいい
タンポポなのでありました
ポ ポ ポ ポ ポ

白玉団子のやわらかなかわいげ

白玉団子のかわいさについて考えてみたのだった。

まず、「ら」がかわいい。

しろたま、ではなく、しらたま。

「ら」の響きには、スキップしたくなるような明るさがある。ラララ〜とか、ランランラ〜ンなどと、うれしいことがあったときに歌いたくなるのも「ら」の言葉。

試しに、
しラララ〜たま団子
と今、パソコンの前で歌ってみたところ、明るい気持ちになるまではいかずとも、暗い気持ちにはならなかった。

白玉団子は、見た目もまたかわいい。白くて小さくて丸い。そもそも、白くて小さくて丸いものでかわいくないものなどあるだろうか？

ウサギのしっぽ、タンポポの綿毛、ホワイトマッシュルーム……。個人的には碁石の白もかなりかわいいと思う。

子供のころ、父親の碁盤でよく遊んだ。囲碁のルールはわからなかったが、盤上に並べた白と黒の碁石に人格をあたえ、勝手気ままに動かすのは楽しいものだった。黒い碁石はいつも元気いっぱい。白い碁石は恥ずかしがりや。白い碁石に感情移入し、白い碁石になったつもりで動かした。だからなのか、白碁石のおもかげがある白玉団子が、わたしには恥ずかしがりやな性格のように映るのである。

白玉団子。いわずもがな、団子である。

『暮らしのことば 新語源辞典』によると、「団子」についてはこのように書かれている。

「米や雑穀の粉に水を加えて練って丸め、蒸したり茹《ゆ》でたりしたもの」

女房詞《にょうぼうことば》では「イシイシ」というのだそうな。女房詞とは、室町時代初期ごろから、宮中の女官が使っていた隠語で、イシイシは、もとは「おいしい」からきているらしい。

団子っておいしいよね↓団子おイシイ↓イシイシ（勝手な流れです）仲間同士にしかわからない言葉。昔から、こういうノリってあったのだなぁと思う。

団子といえば、みたらし団子や花見団子のように、串にささっているものも多い。『図説 江戸料理事典』によると、江戸時代、団子は串にさすのが普通で、もともと一本の串に五個さして五文で売られていたのだという。しかし、明和（1764〜1772年）になって四文銭ができ、一串に団子四個で四文になったとのこと。新しい通貨によって、団子の数も変わったわけである。

四文といえば、『事典 和菓子の世界』には、白玉団子も四文だったと記されている。

「江戸時代には、井戸の水を汲《く》み、白玉と砂糖を入れ、一椀《わん》四文で売った『冷や水売り』もいたほどで、手軽なデザートだったことがうかがえる」

串団子も四文、白玉団子の椀も四文。

もし、わたしが江戸時代に生まれていたなら、四文銭をにぎり、

「今日のおやつはどっちにしようかしら？」

通りを行ったり来たりしていたに違いない。

そういえば、白玉団子が串にささっているのを見たことがない。団子は団子でも、あの子はいつも単独である。でも、孤独な雰囲気はない。つやつやと光り、いつだって幸せそうだ。

だからなのか、あんみつや、しるこ、かき氷たちから、

「ねぇ、うちに来て楽しい話聞かせてよぅ」

と、誘われるのかもしれなかった。

人間でもそういう人っていないだろうか。誘いやすい人。あるいは、誘われやすい人。初対面の人たちともいい具合に馴染み、また、みながほっこりする空気感をもっている。

白玉団子くらいかわいげのある人になれればどんなにいいだろう？

と思うが、自分のことを冷静に見つめれば、団子は団子でも、なんだろう、ゴマをたくさんくっつけて、油で揚げるような強いタイプの団子のような……。

白玉団子は、作り方の説明がかわいいのも特長のひとつ。

必ず出てくるキーワード、それは、耳たぶである。耳たぶくらいのやわらかさに練り上げてください、などとよく書かれている。

ということは、白玉団子を作る人は、自分の耳たぶのやわらかさを意識しているわけで、なんだかそれもちょっとかわいい。

今、左指で耳たぶを触ってみた。そして、白くて丸い白玉の存在を思ってみた。遠くまで行かずとも、癒《いや》しはこんな近くにも存在していた。

久しぶりに
作るか
スーパーで
年に2回くらい
白玉粉を買う
白玉
一袋全部使って
巨大白玉団子って
できるのでしょうか?
どーん
ハハッ
大きくても
かわいい
気が……

コンペイトウのかわいい演出

コンペイトウが、コンフェイトスという名だったら、日本でこんなに長く愛されるお菓子になっていただろうか?

『西洋菓子　日本のあゆみ』によると、コンペイトウの語源は、スペイン語のコンフェイトス。これを当て字にしたのが金平糖であり、他に、金米糖、金餅糖、渾平糖という当て字なども。

この中で、やや違和感があるのは渾平糖。渾は確かにコンだけれど、コンペイトウという小さなお菓子に使うにはピンとこない。渾には大きいという意味もあるのだし。

この当て字を考えた人って、イマイチ、センスないんじゃないのかな……。

コンペイトウの歴史を調べてみれば、いやいや、もしかすると、もっと深い意味をこめてのことだったのかもしれぬと考え直した。

1549（天文18）年、スペイン人の宣教師、フランシスコ・ザビエルが鹿児島にやってきたのは、キリスト教の布教が目的だったわけだが、小瀬甫庵《おぜほあん》の『太閤記』によれば、外国人による布教活動では、街頭に集まってきた日本人にさまざまなお菓子を配ってもてなしたらしい。その中には「こんぺい糖」も含まれていたとか。

荒波をくぐり、コンペイトウを手に遠い東洋の島国へ命がけで布教にやってきた宣教師たち。大きな志なくしては、とうてい成し遂げられなかったであろう。

また、ポルトガル人宣教師のルイス・フロイスは、京都で織田信長に会った際、コンペイトウを献上しているとか。

きっと、緊張したんじゃないかなぁ、フロイスさん。しかし、それもこれも布教のため、渾身の力を振りしぼったのであろう。そういう意味をこめての「渾」であったのかもしれない。

とはいえ、渾平糖でも、コンペイトウでも、こんぺいとうでも、結局のところ、その響きがかわいいのであった。

コン、ペイ、トウ、コン、ペイ、トウ

うっかり坂道でこぼしてしまったら、こんな音をさせて転がっていきそう。

しかも、コンペイトウの主たる原材料は、ザ・砂糖。これを、「コンフェイトス」などとアンニュイな響きの名にしてしまうと、なんだろう、ちと、大げさな感じにならないか。

原材料、砂糖、コンペイトウ！

うん、しっくりくる。

買って食べるというより、もらって「わっ、かわいい」と喜ぶお菓子。響きもかわいいが、形もまた絶妙。まるで、草原で摘んできた小さな花のよう。コンペイトウとは別に、「糖花」とも呼ばれていたのも納得がいく。

幼い日、友達と分け合って食べた思い出。みんなピンクや黄色の色付きのがいいから、どんどん白色が残っていく。食べ物なのに、まるでおもちゃ感覚。そういえば、折り紙も、ビーズも、ブロックも、最初はカラフルな色に手が伸びる。でも、白がないともの足りないのは承知のうえだ。

コンペイトウ。

食べた瞬間は味がなく、なにかの部品を誤って口に含んでしまったような「怖さ」がある。その怖さは、やがてゆっくりと砂糖が溶け出し「あま〜い」と喜ぶための大切なプロローグ。すべてがコンペイトウによる、計算上のかわいい演出なのであった。

コンペイトウを入れた
枕で眠ったら
かわいい夢がみられそう

コンペイトウ
空から降ってきたら
かわいいもの、ナンバーワン
いや、ちと
痛いか？
コレだ!!

しい。

鯛《たい》焼きのかわいい背景

口にする機会はそれほどないけれど、この世界から失われてしまうとしたらさみしい。

鯛焼きは、わたしがそう感じる食べ物のひとつである。ちなみに、綿菓子やクリームソーダ、缶詰のパイナップル、うずらのたまご、アメリカンドッグなどもその一派なのだった。

さて、鯛焼きのかわいさに気づいたのは、割合、最近のことである。鯛焼きの形状がかわいいというより、鯛をモチーフに選んだことをかわいいと思う。めでタイから、タイにしよう。

こういう流れであることは想像がつく。このストレートさが牧歌的でかわいいのである。

『たべもの起源事典　日本編』によると、鯛焼きを考案したのは、1909（明治42）年創業の浪花家《なにわや》総本店、初代、神戸清次郎《かんべせいじろう》さんであるらしい。清次郎さんは、大阪から上京後、今川焼きを始めた。しかし、ちっとも売れなかったため「亀」の形にしてみたそうな。

なんと、鯛焼きの前身は亀焼きだったのである。

亀、めでたいじゃないか、万年生きるのだし。

思いついたときは、清次郎さんもわくわくされたのではないか。されど、売り出してみれば人気が出ずに失敗に終わる。うすっぺらい煎餅《せんべい》ならともかく、あんこを入れて肉厚にすると、ややリアルすぎたのかもしれない。

清次郎さんは、亀焼き以外にも、戦車焼き、ツェッペリン焼きも考案していたと記されているのは『日本銘菓事典』である。ツェッペリンはドイツのツェッペリン飛行船のこと。清次郎さんが池の亀だけではなく、広い世界にも目を向けられていたことがうかがえる。

そこで、わたしも考えてみることにした。

鯛以外で、わたしが売り出したい「鯛焼き」のようなものとはなにか。

海しばりでいくならカニ焼きはどうか。大きなハサミの部分までたっぷりあんこが入っている。

海老《えび》焼きもいいかもしれない。海老は海老でも伊勢海老焼き。高級感たっぷりである。しかし、鋳型《いがた》でヒゲを作るのにお金がかかってしまう可能性はある。というか、そもそも、カニも海老も甲羅が硬い。やわらかいお菓子の形には、ちと、合わないかもしれない。亀焼きの敗因も、ひょっとしたらここにあったのではないか。

ならば、イカはどうか。タコでもいい。どちらもやわらかい。くにゃくにゃだ。ただ、どうも祝祭感に欠ける。うなぎはハレの日寄りの食材だが、細すぎてあんこが入れにくそう……。ヒットを生み出すというのは、簡単なことではないのがよーくわかる。

話は戻り、亀やら戦車やら飛行船やら試行錯誤を重ねた清次郎さん。鯛焼きで売り出したところ、ついに実を結んだ。

「ところが、めでたいのタイの姿にしたところ、芝の金助町（金杉）辺りでリヤカーを引いて、飛ぶように売れたという」(『たべもの起源事典　日本編』)

「高級魚である鯛をかたどったものが、気軽に食べられることで大人気になった」(『日本銘菓事典』)

亀焼きでは財布の紐《ひも》をゆるめなかった人々が、鯛焼きになったとたん買い始める。めでタイからタイにした。めでタイから買っちゃった。思わず頬までゆるんでしまうストレートさ。わたしがかわいいと感じるのは、やはりこの部分であるのだった。

ところで、鯛焼きといえばどこから食べるか問題がある。

尾からか、頭からか。

「頭はかわいそうやから、しっぽから」

と、言いながら母親が鯛焼きを食べていたのを覚えている。わたしはまだほんの子供だったけれど、心の中でこう思っていた。

でも、全部食べるやん。

わたしは、わざと頭から食べた。それを見た母が、「わー、かわいそう」と笑ったのもまた、鯛焼き同様、温かな思い出である。

あの時食べた昭和の鯛焼きも、令和の世に売られている鯛焼きもサイズは変わっていないはずなのに、ずいぶん小さくなったように感じる。

鯛焼きではなく、自分の手が大きくなったのである。

子供時代の自分の手をどこかで感じながら食べる鯛焼きは、甘く切ないおやつでもあるのだった。

鯛焼きは進化しつづけているようデス
口にクリームin
お祭りで見かけた鯛焼き
ちょっと苦しそう
大丈夫？？
ハンバーグが入っているのも見たことあります
魚&肉!!
空想
クリームソーダにのってたら案外カワイイ
ハハハ

仲良しがかわいいさくらんぼたち

「さくらんぼを描いてみて」

というお題が出たら、十中八九、ふたつの赤い丸からそれぞれに伸びた軸が、先の部分でくっついている絵になっているはずである。

その仲良しな感じが、やはりさくらんぼのかわいさということになろう。

赤い実たちは、ぴったりと頬を寄せ合っている。

まるで、なにかヒミツの話をしているようだ。教室でのできごとなのかもしれない。あるいは好きな子のことだろうか。ぴかぴか光る張りのある皮は人間の子供のほっぺたにも似て、かわいさプラス、愛おしさもある。

それもそのはず、『調べてなるほど!果物のかたち』によれば、さくらんぼの「んぼ」は、「ん坊」からきているのだとか。すなわち、あの子たちは、さくらの坊やなのであった。

ちなみに、この本には他に例として、くいしんぼ、かくれんぼ、あめんぼの「んぼ」があげられていた。

あめんぼ！

あの生きものの名について考えてみたことがなかったけれど、あめんぼの「んぼ」は、さくらんぼの「んぼ」と同じ、坊や的な意味であったとは。なんか、急にあめんぼがかわいい気がしてきた。

とはいえ、棒みたいだから、という説もあるようなので、「んぼ」つながりは薄い可能性もある。あめんぼにしてみれば、「棒」より「坊」のほうがうれしいんじゃないかなぁ、などと、生まれてはじめてあめんぼの気持ちになってみたのであった。

ささて、さくらんぼである。

『サクランボの絵本』を開いてみると、というか、さくらんぼだけで一冊の本ができることに驚いたわけだが、さくらんぼが西洋から日本にやってきたのは明治時代になってからである。まずは１８６８（明治１）年に北海道で栽培の試みがはじまり、その後、東北で広がっていったとのこと。

とはいえ、紀元前4000年ごろの古代スイスの湖棲《こせい》民族の遺跡からタネが出土しているらしく、紀元前300年ごろのギリシャではすでに栽培もされていたそうな。

そんな昔からあるくだものだと思うと、日本の子供たちの遠足のお弁当に入るまでには、ちと時間がかかりすぎではないか。

遠足のさくらんぼ。

さくらんぼは普段パクパク食べるというより、ちょっと贅沢《ぜいたく》な「よそゆき」のくだものである。

遠足のようなハレの日に、お弁当とは別に小さな容器にさくらんぼだけ入れてもらっている子もいた。

「お母さんがみんなで食べなさいって」

一緒にお弁当を食べていた子に差し出されたとき、みなのテンションは急上昇！

今でもよく覚えているシーンがある。

「お母さんがみんなで食べなさいって」

と言われて、さくらんぼに手を出したひとりの女の子が、たまたま、軸の部分でふたつくっついているさくらんぼを引き上げたのである。

「あ、ふたご！」

彼女は大喜び。いいな、いいな、ふたごのさくらんぼ。しかし、その貴重なさくらんぼは、やはりさくらんぼを持って来た子が食べるべきではないかという空気になり、結局、持ち主に戻っていったのだった。子供たち（ん坊たち）も、忖度《そんたく》しつつやっていたわけである。

さくらんぼの名産地、山形県寒河江《さがえ》市のホームページによれば、さくらんぼが日本にやってきたときには「桜桃」と呼ばれており、

「それを昭和の初め、東京の新聞社がさくらんぼと表し、だんだん定着していきました」

とあった。

名付け親の新聞記者のセンスがきらりと光ったネーミングである。

そういえば、『広辞苑』の最後の言葉は、なんと「ん坊」。２０１８（平成30）年の第7版で追加されたという。

『広辞苑』に認められたヨ！

「さくらん坊」たちが、手を取り合って喜んでいるのを想像したら、なんだか愉快であった。

さくらんぼの軸のお茶!!
ジャスミンに似た
ほのかな香りらしい

『くだものと木の実いっぱい絵本』によると
さくらんぼの軸、約1パックを
煮出すと完成なのだとか

かわいいかも?
ハハッ

まほうびんのかわいい由来

熱々の液体が出てくるのを見て「マジックみたい」と言ったからだとか
まんまやん
ハハッ
日本最古のまほうびん広告には一番小さいので13円
今なら40万円!! 超高級品!!
デザインの流れを見て歩くこともでき、
オシャレー
リンゴ形なんてのもあって楽しいです
赤色
かわいい
わたしが好きなのは
花柄ポットが登場するあたりで
「テーブルの上に花」
うん
うん
って考えたのがいいんだよなー
花柄まほうびんが無性に欲しくなった帰り道でありました
かわいかった

アップリケのかわいい思い出

アップリケのなにがかわいいのかを考えてみたところ、アップリケの思い出がかわいいのではないか、と思ったのだった。

アップリケの思い出。

ジャンパースカートの胸元やズボンの膝に、アイロンでペタッと貼ってもらって大喜びしたあの日。

ヒヨコやイチゴ。

昨日までなかったのに、今日からは柄入り。世界がちょっと変わった。変わったというより、増えた感覚。自分のズボンの膝にヒヨコの物語が加わったのである。

ヒヨコは、アップリケの中で楽しく暮らしていた。ヒヨコは買い物に行くところなのかもしれない。あるいは、友達に会いに行くところなのかも。幼いわたしは、膝のヒヨコの世界に入り込んで楽しい空想をしていたに違いなかった。

さて、そのアップリケ。

『世界大百科事典』によると、めちゃくちゃ長い歴史があったのだった。

「アップリケは古代エジプトのころから、衣服の弱い部分の補強を目的として使われていた」

なんと、古代エジプトである！

また、『学芸百科事典』には、

「中世の僧侶《そうりょ》の衣服や、民族衣装などに古くからほどこされ、現在でも広く服飾手芸として用いられている」

とある。

僧侶の衣服から、ヒヨコのアップリケにいたるまでには、そーとーな距離であるが、道はつづいていたのである。ちなみに、アップリケはアプリケとも呼ばれ、「貼りつけられた」という意味である。

アップリケが日本に伝わったのは20世紀の初め。ただ、江戸時代からある「押絵」もアップリケのグループに入れてもいいようだ。

押絵でわかりやすいのは、羽子板。羽子板は羽子板でも、板に直接絵が描いてあるタイプじゃなく、顔や花などが布地で立体的になって張り付いているタイプ。いわゆる、飾り用の羽子板である。

羽子板にもアップリケ。僧侶の衣服にもアップリケ。子供たちの膝にもアップリケ。アップリケの門はめちゃくちゃ広かった。

ということは、あれもやっぱりアップリケに違いない。

中学時代、体操服に軍手を付けるという、謎のブームが女子の間で巻き起こった。ジャージのズボン（の前太もも）に、軍手の片方だけをチクチク縫い付けるのだ。手の形のポケット、という見方もできるが、実用というより飾りだった。

イケてる女子はピンクや紫などのカラー軍手。

イケてないわたしは普通の白い軍手。

それでも、チクチク縫って完成したときには、

「明日の体育が楽しみ！」

胸を躍らせたに違いなかった。あの軍手もまた、アップリケのかわいい思い出のひとつとして、心の中に縫い付けられているといえるのではないか。

大人になった今も、雑貨屋で小さなアップリケを見かけると思い出の扉が開く感覚がある。そして、付ける場所もないのに購入し、

「かわいいな……」

手のひらにのせて、ただ眺めているのであった。

最新の
『広辞苑』にも
「アップリケ」は
ありました

ふふ
辞書を作った人たちの
アップリケの
思い出って
どんななのかな

と、考えてみたら
ちょっと
かわいくなった

色鉛筆のかわいい名前

久しぶりに色鉛筆を買った。三菱《みつびし》鉛筆の24色セットである。新品の色鉛筆はピシッと整列し、「さぁ、お使いください！」とばかりに、どの色も張り切って見えた。

おしながきのように色の名前が書かれた用紙が一枚入っていた。当たり前だが、それぞれの色には名前がある。気の毒なのは、ちょい足しの名だ。

きみどり、ふかみどり、あかむらさき。

もともとある色に「き」とか「ふか」とか「あか」などをくっつけられた名前になっている。彼らの気持ちになってみれば、

「この世界には、わたしのための名前はなかったのか……」

唇を噛むような思いである。

さてさて、この24色。

一番かわいい名の色ってどれだろう？　と、眺めてみた。

「みずいろ」は、なかなかかわいい。

本来ならば水は透明。そこを「みずいろ」としたところにファンタジーを感じるではないか。『色の名前事典507』によれば、平安時代には、すでに「みずいろ」という色名があったのだとか。昔の人も、色を杓子定規《しやくし》には捉《とら》えなかったということであろう。

くだものの名も可憐《かれん》である。「もも」や「だいだい」。

そういえば、昔読んだ少女漫画に「もも」という春生まれの女の子が出てきたのを、今、思い出した。あれは、なんという漫画だったんだろう。

わたしは「もも」になりたかった。それは、作中の「もも」ではなかった。美人で、頭がよくて、スポーツ万能になっているわたしの名が「もも」なのだった。

毎夜毎夜、眠る前の布団の中で「もも」になって生きていた。「もも」のわたしは最強だった。片思いの男の子から告白されたり、ひとりだけテストで満点を取ったり。

クラスのみんなも、こんなふうに違う子になってみることがあるのかな？恥ずかしくて誰にも聞けなかった。言えない、聞けないことをたくさん抱えたまま人は大人になるのだなぁと、色鉛筆の「もも」でしばし振り返る。

三菱鉛筆24色のかわいい探し。

あった。見つけた。ナンバーワン。動物名がついた一本、いや、一匹。「ねずみいろ」である。

こんなにたくさんの色があるのに、そうか、キミだけか、動物にたとえられたのは。

生まれてはじめて「ねずみいろ」に温かさを感じた。

調べてみると、「ねずみいろ」というのはなかなか粋《いき》な色であったらしい。『色の知識』なる本によると、江戸時代、幕府は百姓や町人に贅沢させぬよう、本紫（ムラサキソウ）、紅花の染めを禁止したそうな。すると、今度は町人たちの間で地味色が「粋」なものとして流行する。中でも、「ちゃいろ」と「ねずみいろ」が江戸時代の二大流行色に。「四十八茶《しじゅうはっちゃ》・百鼠《ひゃくねず》」という言葉があったほど、その微妙な色の違いを楽しんでいたようだ。

『色の名前事典507』にも、たくさんの「ねずみいろ」が出てくる。

ぎんねず、ちゃねずみ、ふかがわねず。

「りきゅうねずみ」は緑がかったスモーキーな「ねずみいろ」で、千利休といえば茶葉というところから名づけられたという。『色の名前事典507』にはこう記されていた。


「利休色という色は、桃山時代の大茶人、千利休好みの色とされているが、利休本人が色を指示したわけではなく、後世の人間が勝手に名づけたもので、江戸時代から風流で高尚な色というつもりで使われたらしい」


「ねずみいろ」も、なかなかどうして、立派な色だったのだ。かわいい、なんて言ってよかったのだろうか？

いや、でも、やっぱり、かわいい。動物の名の色というだけで、どこかほわほわして感じる。ちなみに、動物の毛皮の色から名づけられた色名が登場するのは、鎌倉時代以降になってからのことのようだ。

三菱鉛筆24色セットには「ねずみいろ」だけだったが、『色の名前事典５０７』には動物名の色がちょこちょこ登場する。

カナリア、きつねいろ、らくだいろ、すずめいろ。

すずめいろ……会話の中で使ったら、すごくかわいい気がする。

「昨日さ、すずめいろのスカート買ったんだ」

とか？

色の名をいつもと変えて伝えるだけで、ひと味違う、いや、ひと色違う人になれそうだ。

そんなことを考えていたら、ますます、「きみどり」「ふかみどり」「あかむらさき」のちょい足しの名が不憫になってしまったのだった。

「たんぽぽいろ」のマフラー買ってさー
わたし「すみれいろ」にしたよ〜
呼び方をちょっと変えてみるだけで世界がかわいい色に染まっていくのかもしれません

かわいいネイルの小さな希望

レジでお会計をしているとき、お店の女の子のネイルがかわいいと、

「ネイル、かわいいね！」

と、伝えることがある。わたしもたまにネイルサロンに行くので褒められるうれしさがわかる。

サロンで仕上げたネイルを褒められ、「いえ、そんなことないです」と謙遜《けんそん》する人は少ないと思う。

かわいくしたのはネイリストなのである。

細かい作業だ。たいそう肩も凝るだろう。目も疲れるだろう。そんな手仕事に対して謙遜などできようか。

「ありがとうございます！」

褒められれば、素直に喜んでよいという気になるのだった。

ところで、日本におけるマニキュアの歴史ってどんな感じなのだろう？

ポーラ文化研究所のホームページに飛んでみたところ、江戸、幕末のころには、すでに「爪紅《つまべに》」という化粧があったのだそうだ。紅や鳳仙花《ほうせんか》の花から色をとり、爪に塗っていたようである。

「紅を薄く溶いて塗る爪紅ですが、紅は金にたとえられるほど高価だったので、この化粧ができたのは一部のセレブな女性たちだけ」

とある。

北国、山形の紅花が京都で「紅」に加工され、問屋や小間物屋に置かれていたという。紅の銘柄では「小町紅《こまちべに》」というブランドが有名だったらしく、

「小町紅、欲しいなぁ」

なんて、店先で眺めていた着物姿の女の子たちもたくさんいたのかもしれない。

今でいうマニキュアが日本で一般的になったのは戦後になってから。『明治・大

正・昭和の化粧文化　時代背景と化粧・美容の変遷』によれば、もともとマニキュアは、マニキュア用に発明されたものではなかったのだった。1923（大正12）年ごろ、欧米で自動車用に開発された速乾性ラッカーから、ネイルラッカーが発明されたのだという。

車を作っていたら、お化粧品ができちゃった！

みたいな？

発明って案外こういう感じのものが多いのかもしれない。付箋のポスト・イットにしても、もともとは強力な接着剤を開発中に、弱々しい接着剤ができちゃった。そこからヒントを得たのだと、なにかで見聞きしたことがある。

爪に色を塗る。

シャツのボタンほどの面積であるのに、そこがかわいいだけで気分が上がるという不思議。

わたし自身、原稿に向かっている最中でもパソコンのキーボードを打つ手を止め、自分の爪をじぃーっと眺めていることがある。そして、

「かわいいなぁ」

と、しみじみ。

ネイルサロンに通っている女の子たちもまた、同じくこんな時間を持っているのだな、と思うと、彼女たちの、その時間もひっくるめて、

「かわいいね！」

と、言ってあげたくなるのだった。

小さいころから、顔が「かわいい」かどうかの秤《はかり》にのせられつづけ、それによって、学校での立ち位置も決まった。かわいい子は、いつだって遥《はる》か高い場所でかわいいことを満喫していた。

そんなとき、校則違反のマニキュアは小さな希望でもあった。あっというまに、自分の一部をかわいく変身させられる魔法のようなお化粧品。アイメイクや口紅もあるにはあるが、塗れば確実にかわいくなるというものでもない。しかしながら、塗れば確実にかわいくなっちゃうのが爪であった。

はじめてマニキュアをつけて高校に行った日のわたしは、きっと朝から何度も何度も自分の爪を眺めていたんだろう。親にバレないよう、不自然な食パンの持ち方

で朝食を食べきったんだろう。

いってきます、と自転車にまたがり、ペダルを踏み込んだ朝。

「わたし、今日、かわいいんだ!!　爪が」

な～んて、17歳のわたしは思ったのかもしれない。

そんな過去もひっくるめて、いろいろかわいい「ネイル」なのであった。

ネイルサロン
かわいい〜♪
めちゃかわいい〜
かわいいです〜
するほうも
されるほうも
最後は「かわいい」の
大合唱

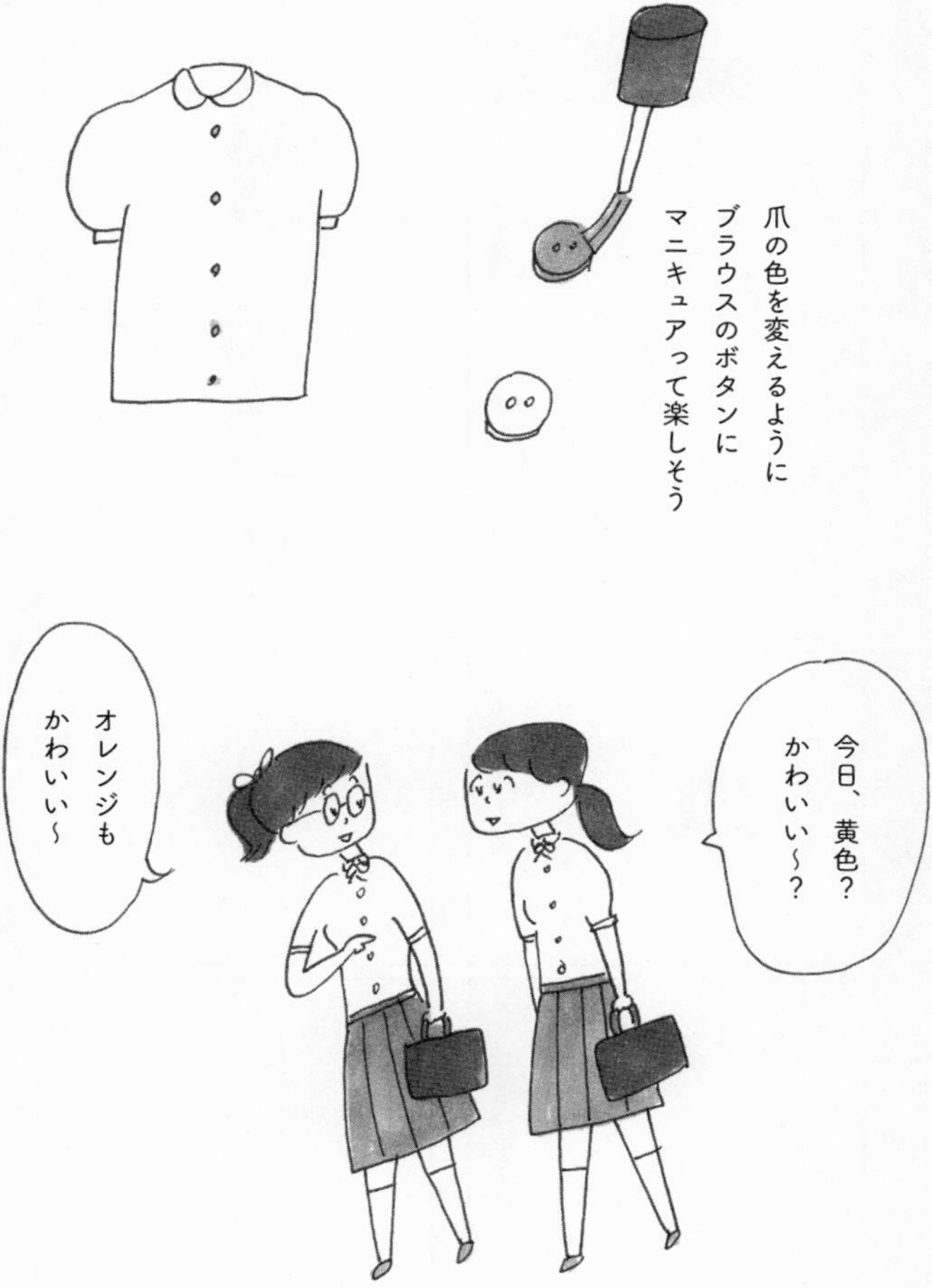
爪の色を変えるように
ブラウスのボタンに
マニキュアって楽しそう
今日、黄色？かわいい〜？
オレンジもかわいい〜

生き残ったかわいい文字たち

常々かわいいと思っていたもの、
かわいい
ルビ（振仮名）です
小さい字やな
まるで親鳥にくっついて泳ぐ雛鳥《ひなどり》のように
漢字にくっついている
とり
くっついていてかわいいといえばフィンランドに旅したとき
アルファベットの上の小丸に親近感を覚えました
Päivää
『振仮名の歴史』によれば、ルビという名は宝石からきているとのこと
ルビは宝石のルビー
ruby《ルビー》

イギリスやアメリカでは活字の大きさにニックネームがあったらしく
たとえば
24ポイント←ダブルパイカ
10ポイント←ロングプリマー
へー
5.5ポイントの小さなサイズはルビーと呼ばれていたそうです
ちなみに5ポイントはパールで4.5ポイントはダイヤモンド
当時、日本で使われていた振仮名用の小型活字の大きさが、
ルビーに近いサイズで、
それが「ルビ」になったとのこと
振仮名廃止を主張した作家・山本有三は
え
そんなこと考えてた人も？
ルビのことを〝ボーフラ〟と表現したそうですが
さすがおもしろい虫出してきはるわ
文字を虫に見立てるというのもまたかわいらしく、
いやしかしボーフラて！
ハハッ
ルビがなくならなかったことは「かわいい」のためにはよかったと
思ったのでした

おわりに

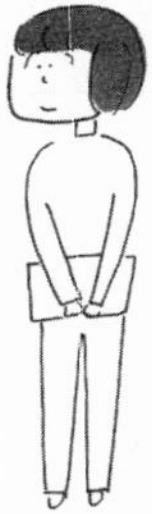

身の回りにある
「かわいい」に出会い直し、
「かわいい」の
バックグラウンドを
知ることができた
わけですが
この本のゲラを
読み返していると、
へー

な〜んて感心している自分がいたのでした
あれこれ見聞した「かわいい」を
えーっと
忘れちゃっていたのです（おいおい）
そうだった「さくらんぼう」は「ん坊」だった‼
そして、
忘れていることがちょっとうれしかったのは、
改めて、
かわいい〜
と、思える喜び、なのかもしれません
ハハッ
かわいいってやっぱ、いい

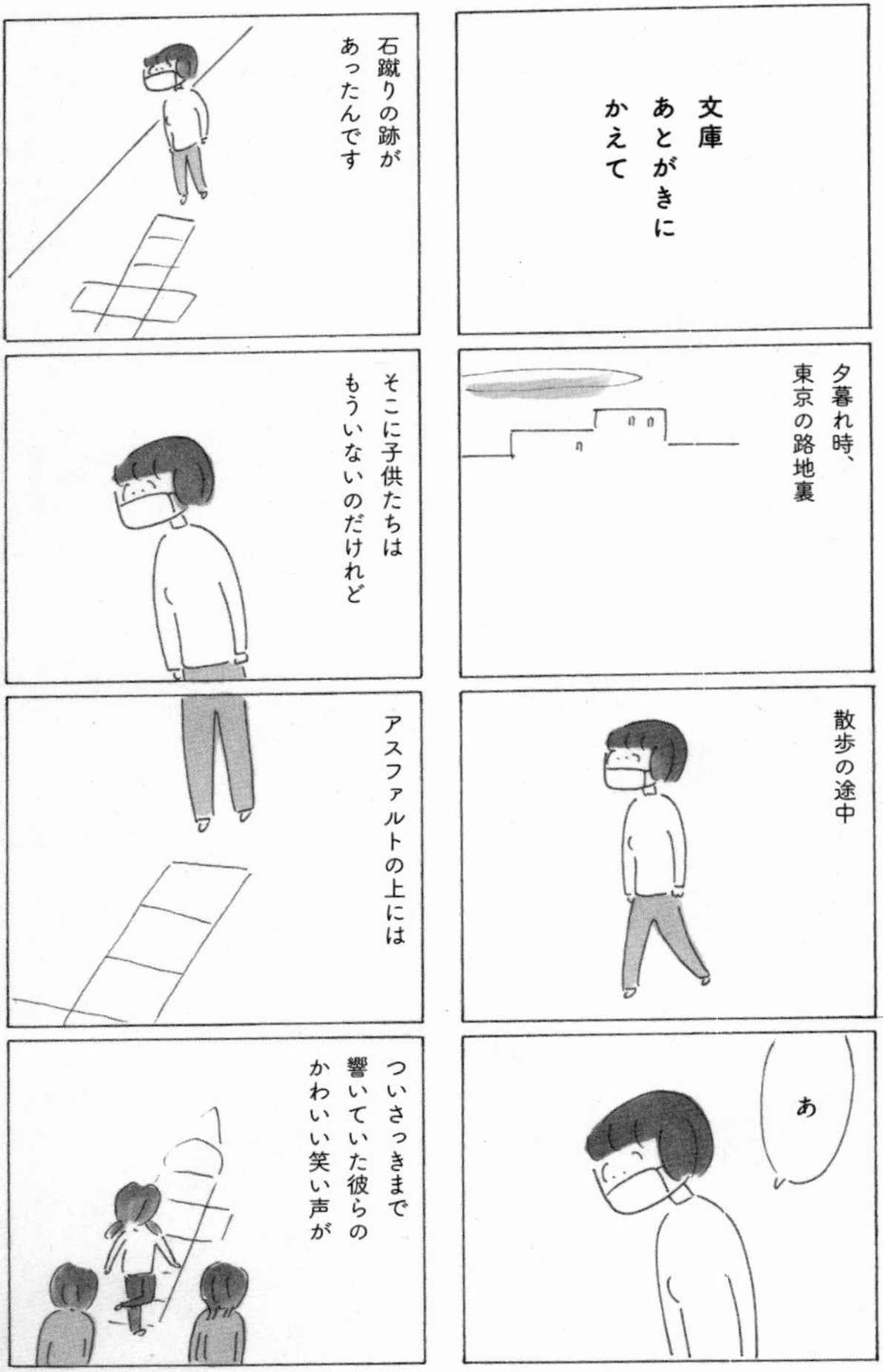
文庫
あとがきにかえて
夕暮れ時、
東京の路地裏
散歩の途中
あ
石蹴りの跡が
あったんです
そこに子供たちは
もういないのだけれど
アスファルトの上には
ついさっきまで
響いていた彼らの
かわいい笑い声が

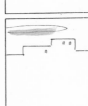

しみ込んでいるようで
つい立ち止まって
ながめていたのでした
ちょっと
やってみるか
ケンケン
パッ
往復したら
軽い息切れ……
ハー
ハー
ハー
マジか
でも、なんか
楽しかった!
子供時代の自分と
出会えたある春の日で
ありました

《参考資料》

『暮らしのことば 新語源辞典』山口佳紀編 講談社
『語源辞典 形容詞編』吉田金彦編 東京堂出版
『増補版 日本語源広辞典』増井金典 ミネルヴァ書房
『シジミチョウ観察事典』小田英智構成・文 北添伸夫写真 偕成社
『お茶の歴史』ヘレン・サベリ 竹田円訳 原書房
『駅弁学講座』林順信、小林しのぶ 集英社新書
『日本語語源辞典 日本語の誕生』清水秀晃 藤堂明保監修 現代出版
『世界あやとり紀行 精霊の遊戯』INAXギャラリー企画委員会企画 INAX出版
『あやとり学 起源から世界のあやとり・とり方まで』野口廣 こどもくらぶ編 今人舎
『伝承遊び考1 絵かき遊び考』加古里子 小峰書店
『伝承遊び考2 石けり遊び考』加古里子 小峰書店
『伝承遊び事典』芸術教育研究所編 黎明書房
日本ソフトクリーム協議会ホームページ https://www.softcream.org/
『クオリア入門 心が脳を感じるとき』茂木健一郎 ちくま学芸文庫
『アイスクリームの歴史物語』ローラ・ワイス 竹田円訳 原書房
『あのメニューが生まれた店』菊地武顕 平凡社コロナ・ブックス
『洋菓子はじめて物語』吉田菊次郎 平凡社新書
『メロンパンの真実』東嶋和子 講談社文庫

『果実の事典』杉浦明ほか編　朝倉書店
『野菜園芸大百科　メロン』農山漁村文化協会編　農山漁村文化協会
『フルーツひとつばなし　おいしい果実たちの「秘密」』田中修　講談社現代新書
『「息さわやか」の科学』川口陽子監修　明治書院
『昭和レトロ博物館』町田忍　角川学芸出版
磯野紙風船製造所ホームページ　http://www.isonokamifusen.co.jp/
『日本こどものあそび大図鑑』笹間良彦著画　遊子館
『江戸時代 子ども遊び大事典』小林忠監修　中城正尭編著　東京堂出版
『科学のアルバム　ドングリ』埴沙萠　あかね書房
『どんぐりの食べ方　森の恵みのごちそう』井上貴文　むかいながまさ絵　素朴社
『日本語語源辞典』堀井令以知編　東京堂出版
『日本服飾史』増田美子編　東京堂出版
『日本人のすがたと暮らし　明治・大正・昭和前期の身装』大丸弘、高橋晴子　三元社
『大辞林』三省堂
『講談社カラー版日本語大辞典』講談社
『集英社国語辞典』集英社
『新和英大辞典』研究社
『日本国語大辞典』小学館
『語源大辞典』堀井令以知編　東京堂出版
『平凡社大百科事典』平凡社

『箸』向井由紀子、橋本慶子　法政大学出版局
『猫の事典』ステファーヌ・フラッティーニ　今泉忠明監修　岡田好恵訳　学習研究社
『猫の教科書』高野八重子、高野賢治　ペットライフ社
『図説 江戸料理事典』松下幸子　柏書房
『事典 和菓子の世界』中山圭子　岩波書店
『西洋菓子 日本のあゆみ』吉田菊次郎　朝文社
『太閤記（上・下）』小瀬甫庵　桑田忠親校訂　岩波文庫
『たべもの起源事典　日本編』岡田哲　ちくま学芸文庫
『日本銘菓事典』山本候充編著　東京堂出版
『調べてなるほど！果物のかたち』柳原明彦絵・文　縄田栄治監修　保育社
『サクランボの絵本』西村幸一、野口協一編　川端理絵絵　農山漁村文化協会
寒河江市ホームページ　さくらんぼ大百科事典　https://www.city.sagae.yamagata.jp/sagae/sakuranbodaihyaka/
『くだものと木の実いっぱい絵本』堀川理万子　三輪正幸監修　あすなろ書房
『世界大百科事典』平凡社
『学芸百科事典』旺文社
『色の名前事典５０７　日本の色と世界の色のすべてがわかる』福田邦夫　主婦の友社
『色の知識　名画の色・歴史の色・国の色』城一夫　青幻舎
ポーラ文化研究所ホームページ　https://www.cosmetic-culture.po-holdings.co.jp/
『明治・大正・昭和の化粧文化　時代背景と化粧・美容の変遷』ポーラ文化研究所編　ポーラ文化研究所
『振仮名の歴史』今野真二　集英社新書

本書は、二〇一九年七月、集英社より刊行されました。

初出
集英社WEB文芸「レンザブロー」
二〇一六年七月二十九日〜二〇一八年十二月二十八日

挿画／益田ミリ
本文デザイン／名久井直子

集英社文庫

かわいい見聞録《けんぶんろく》

2022年5月25日　第1刷　　定価はカバーに表示してあります。

著　者　益田《ますだ》ミリ

発行者　徳永　真

発行所　株式会社　集英社
東京都千代田区一ツ橋2-5-10　〒101-8050
電話　【編集部】03-3230-6095
【読者係】03-3230-6080
【販売部】03-3230-6393（書店専用）

印　刷　大日本印刷株式会社

製　本　大日本印刷株式会社

フォーマットデザイン　アリヤマデザインストア　　マークデザイン　居山浩二

ISBN978-4-08-744385-1 C0195